Anne-Claire FONTAINE

Le Karma est une femme

Les 3 Colonnes

Pour tout contact :

Éditions Les 3 Colonnes
72 rue du Faubourg Saint-Honoré
75008 Paris
www.lestroiscolonnes.com

À mon frère, Anthony. À nos délires, à nos fous rires.
Je t'aime.

PETITE PRÉFACE

À TITRE INFORMATIF

Tout ce que vous vous apprêtez à lire est inspiré de faits réels. Toute ressemblance avec une personne existante ou ayant existé est purement non fortuite. Le mec existe. Les meufs existent. Et les personnages secondaires sont un mix entre tout un tas de personnes bien vivantes elles aussi. Les similitudes avec la réalité sont donc nombreuses, à peu de chose près. Mais j'ai pris soin de changer quelques détails pour ne pas risquer d'être poursuivie en justice. Et accessoirement, pour éviter d'être harcelée par lesdites personnes qui penseront se reconnaître de loin dans les traits d'un personnage.

Je suis parti d'une situation que l'on connaît tous. Qu'on l'ait vécu personnellement, ou que ce soit arrivé à une personne de notre entourage. De cette situation, j'en ai imaginé la pire version. Je me souviens m'être dit : « Mais comment ça pourrait trop partir en vrille de genre de bails ! » Ce qui découle de cette réflexion lancée en l'air au détour d'une discussion, vous le tenez entre vos mains. La vie est surprenante… Alors, oui, je me suis largement inspirée des personnes qui m'ont marqué, pas forcément de façon positive. Et clairement c'est un gros oui, je me suis basée sur mon propre vécu. J'ai sublimé mes démons pour les rendre acceptables par la société par le biais de la littérature contemporaine. Fiou, je crois que les choses sont dites. N'empêche, j'espère que ça ne va pas donner des idées à des gens très chelous. Je m'en dédouane totalement. Tout ce que j'ai fait moi perso, c'est m'enfermer pendant cinq jours, me nourrir de chips et de glaces, et sortir cette histoire de mon esprit positivement perturbé.

Tant que j'y suis, j'en profite pour faire passer un petit message : faites attention à qui vous êtes infidèles… La piraterie peut s'avérer dangereuse quand on tombe sur plus pirate, et plus cinglé, que soi.

Que vous dire d'autre ? Ah je sais ! Faites-en un best-seller pour que l'on soit propulsé sur la célèbre plateforme qui fait « toudouuum ». On doit faire le buzz ! Vous pourrez ainsi voir sur vos écrans ces bombasses, un tant soit peu psychopathes, et plonger dans leur univers sexy, flippant, stone et marrant. Et puis, si vous êtes sages et coopératifs, je vous donnerai une suite. Oui ce délire peut durer. Elles peuvent faire pire si jamais elles n'avaient pas d'autres options.

En attendant, lancez-vous dans votre lecture. Vous allez être projeté sous le soleil de l'île intense, et faire la connaissance de deux meufs qui vivent intensément…

PARTIE 1

Island Girls

— Oh ! *It's a match* !

— Ouh ! Avec lequel ? Le boucher ?

— Ouais ! Il a un air *bad boy* que je kiiiffe !

— Nan mais lol ! Il me *match* aussi ! Hum ouais c'est vrai qu'il est *fuckable* ! Même si son taf ne vend pas du rêve, on est d'accord ?

— Tu le veux ?

— Ouais allez. Je te laisse l'autre là, le mec qui passe son temps à la salle.

— Le black ?

— Ah nan celui-là, je le garde. L'autre là, qui fait genre métisse rebeu.

— Ah mais ouiiii ! Son petit piercing à la lèvre me fait craquer ! Merci !

— Je t'en prie. Bon alors le boucher… Ah je sais ! Je vais lui sortir qu'une végétarienne et un boucher ça ne risque pas de faire bon ménage !

— Ouais pas mal ! Aaahh ça y est le métisse a *matché* ! Pff c'est tellement rapide que ça en est même plus drôle meuf.

— J'avoue. Ils sont si prévisibles…

Un dimanche après-midi classique. Une chaleur étouffante, en plein été indien, le mercure n'affiche pas moins de trente degrés à l'ombre. Cassie et Isis sont posées dans leur canapé, deux ventilos brassent un air humide, et Tinder brasse le temps, *as usual*. C'est la fin du mois, les finances ne sont pas forcément au beau fixe. Elles ont eu du mal à payer le loyer, et jusqu'aux prochains salaires, leur régime alimentaire va se composer essentiellement de pâtes au beurre. À défaut d'aller mater sur la plage de Boucan, elles tuent l'ennui et oublient les problèmes de fric en *swipant*, le plus souvent vers la gauche. Elles s'échangent les profils, car après tout Tinder n'est pas connu pour sa capacité à mettre en contact les âmes sœurs. Elles ont donc le loisir de parcourir les pages et s'échanger les meilleurs articles sans craindre de donner à sa pote l'homme de sa vie. Même si, à les écouter, elle croise l'homme de leur vie environ un profil sur dix.

Cela va faire un an que les filles vivent en coloc. Elles ont un joli petit T3 sur le chef-lieu. Deux chambres, c'était LA condition pour signer le bail. On s'en fout de la vue, du voisinage, et du fait qu'il y ait deux places de parking. Mais il faut bien deux chambres. Elles sont proches, très proches et se supportent au quotidien, mais il est hors de question de partager le même espace de partie de jambes en l'air. Deux salles, deux ambiances. Elles vivent ensemble et bossent ensemble. Elles draguent ensemble, elles sortent ensemble. Elles pleurent ensemble, elles fument ensemble. *Queen Bitch and Baby Bitch.* Voilà leurs petits surnoms d'amour. Leur quotidien est rythmé par leur boulot dans une enseigne de prêt à porter un peu déluré. Sous vêtements, pyjamas, et autres trucs de meuf. Le tout dans une ambiance électrique où du *kompa* ambiance les clientes. Cassie est manager du magasin, et Isis est conseillère de vente. Quand elles se sont rencontrées il y a maintenant trois ans, ça a été un *real match.* Allez savoir comment et pourquoi, il y a des choses qui ne s'expliquent pas. Leurs âmes se sont reconnues. Et elles ne se sont plus jamais quittées. Elles s'aiment d'une amitié à toutes épreuves. Inconditionnellement. Malgré les engueulades et les divergences d'opinions. Malgré les prises de tête de la manager qui allume sa conseillère qui n'en branle pas une. Malgré la bordélique qui vit avec la maniaque. Malgré les choix de l'une que l'autre ne ferait jamais. Elles se sont trouvées et ne se sont plus jamais quittées. La blessure de l'abandon et la dépendance affective ne vont pas se réactiver dans cette relation. *No way.*

— On bouffe quoi ce soir Cassie ?
— Devine ?
— Aaaarrrggggg ! J'en ai marre des pâtes au beurre meuf !
— Il te reste des tickets resto ? On peut se faire un Mac do ?
— Ah oui ! On avait pioché dans les tiens, les miens on n'y a pas touché. Vas-y, Mac Do ! Tu crois que le vendeur sexy sera là ?
— Pfff qu'est-ce que tu lui trouves sérieux ?! Un mec qui taf au Mac Do ? Tu vas faire quoi avec ça ? T'engraisser de nuggets gratuits ?

Isis, pliée de rire :
— Bah c'est mieux que tes pâtes au beurre. Une pipe contre une boîte de six !

Cassie, les yeux au ciel :
— Ma pauvre chérie, j'ose espérer que ta pipe vaut au moins un *maxi best-of* !
— Connasse !
— Ouais moi aussi je t'aime.

Leur appart est à leur image, bien sous tous rapports. Contrairement à ce que vous pouvez penser, elles n'invitent pas facilement des gens dans leur antre sacré. Des mecs de passage pour finir la soirée, oui. Mais de vraies relations avec de vrais sentiments et des gens dont elles retiennent le prénom, non. La famille proche pour les dîners et apéro, ça s'arrête là. Le défilé de testostérone se limite aux chambres. On ne prend pas de petits-déj chez les filles. On ne se fait pas de soirée *Netflix and chill* à domicile. Elles choisissent pour ça des mecs qui ont leur propre appart. Celui qui vit encore chez papa maman s'élimine tout seul de leur loooongue liste de prétendants. Elles occupent un appart cosy, au cinquième. Personne au-dessus de leur tête. Moderne, cuisine ouverte sur le grand salon. Canapé orienté vers la terrasse qui fait toute la largeur de l'habitation, et vue sur mer entrecoupée par quelques immeubles, mais vue sur mer tout de même. C'est le bonus on va dire. Niveau déco, elles ont opté pour un style balinais. Le « épuré et tendance », pour cacher le « on a pas de tune donc on prend le strict minimum ». Et ça fonctionne. Elles ont cette capacité à cacher la misère. À ne rien laisser transparaître de fragile ou de vulnérable. Elles ne donnent rien qui pourraient servir d'armes contre elles même. Elles sont dans le contrôle de tout. La seule personne au monde à qui elles ont cédé la main, c'est l'autre. Elles se font une confiance aveugle et aveuglante ! Face à leur relation, face à ces deux meufs, personne ne tient la route. Elles dégagent tant de sex-appeal, tant de « Je suis une bombe et je le sais ». Trop de « Tu me veux ? Essaie encore ! ». Avec une touche de « Je déchire tout et je t'emmerde ». Voilà leur aura. Les meufs les détestent. Les mecs les idolâtrent. Elles sont les seules à avoir accès à la véritable version de l'autre. Deux écorchées qui se sont accrochées ensemble pour ne pas se noyer au milieu d'un océan de queues, d'histoire d'inceste et d'ambition démesurée pour échapper à une réalité qui ne leur convient pas.

Isis :
— Des nouvelles de ton prince charmant ?

Cassie qui lui balance une poignée de pâtes sèches au visage.
— L'appelle pas comme ça !
— Ok je reprends. Des nouvelles du mec qui te fait mouiller ta petite culotte rien qu'avec un smiley ?
— Putain t'es con ou quoi toi ? C'est pas qu'un sex-toy non plus !
— Oh mais je rêêêve ou tu prends sa défense ? Y'en a une qui est piquée ! Na na na nèèèreuuuhhh !
— T'es vraiment une gamine ! Na na na nère ? Mais qui dit ça à 23 piges meuf ?

— Ouais vas-y évite le sujet.

— Et toi tu vas devoir éviter la casserole d'eau bouillante si t'arrêtes pas un peu là.

— Nan mais allez, sérieusement, des nouvelles ?

— Nathan c'est un mec hyper occupé. Maiiiiiiis oui j'ai des news, régulièrement.

— Elle rougit ma parole ! Ça fait quoi là, un mois ?

— Deux, bientôt trois.

— C'est que ça tient les comptes.

— Ouais mais bon, il est pas clair j'trouve…

— Pas clair comment ?

— Bah tu vois, il bosse à l'hôpital, il a des horaires décalés. Logique qu'il prenne parfois du temps à me répondre. Je ne vais pas m'arrêter là-dessus. Mais genre, tous les mardis il est en repos, ça ne change jamais. Bah des fois même ce jour-là il va prendre des plombes à me répondre. Toujours une bonne excuse, mais *chépa…* mon intuition me dit que ça déconne.

— Ton intuition ou ta peur viscérale de t'engager et de souffrir qui te conduit indubitablement à auto-saboter ta relation ? Et accessoirement à trouver des couilles là où il n'y en a pas.

— Huuum des couilles ça il en a ! C'est un super bon coup. Jamais eu autant d'orgasmes en une seule nuit. On dit que la taille ça compte pas… Celle qui a dit ça n'avait jamais connu de bite énorme !

Elles partent dans un éclat de rire en criant en chœur :

— *Anancondaaaa kalashissiiiiime* !

— Nan mais sérieusement Cassie, détends-toi. Il a l'air bien celui-là. Même si je le dis et je te le reproche encore une fois, je n'ai JAMAIS EU l'occasion de le rencontrer ! C'est le seul mec que t'as pas ramené dans ta chambre. Deux mois, bientôt trois et tu ne me l'as jamais présenté. C'est une grande première.

— Il est différent… Je ne veux pas le traiter comme les autres. Je veux prendre le temps, je ne lui dévoile pas tout, tout de suite.

— T'as peur de le perdre ?

— …

— C'est pas Enzo. Il ne va pas te lâcher du jour au lendemain sans explications. Il fait déjà mieux que lui, je trouve. T'as l'air bien. Il te cherche tout le temps, tu vas régulièrement passer la nuit chez lui, vous vous affichez dans la rue, au ciné, au resto. Arrête de flipper.

— Mouais… Les pâtes sont prêtes, bouge-toi le cul.

— Bah pas de Mac Do ? Sniiiif.

— C'est pour ton bien. Tu mérites mieux que de te faire culbuter à l'arrière-boutique par un mec qui pue la frite. À table.

QUEEN BITCH

Cassie a 25 ans. Deux ans la séparent d'Isis et elle a tendance à la surprotéger comme sa petite sœur. Cassie est comme ça. Une vraie lionne. Territoriale et loyalc. Quand elle aime, elle aime. Point barre. Quand elle déteste, elle hait. Point barre. Sa phrase culte ? « Si vous aviez une idée de la profondeur abyssale de mon indifférence, vous ne joueriez pas si près du bord. » Elle est la reine du mépris. Elle peut vous ignorer tellement fort que vous pourriez en venir à douter de votre propre existence. Mais paradoxalement à cette froideur, elle est d'une douceur et d'une sensibilité innée. Sa vraie nature se veut empathique. Sa carapace se veut connasse, *higher level*. Pourquoi ce masque ? Comment elle en est arrivée là ?

Son père a quitté le domicile familial quand elle avait quatre ans. Le fameux : « papa va faire quelques courses et revient jouer avec toi ». Ouais, c'est pas loin du cliché du père qui va prendre dix ans pour acheter un paquet de clopes. Les clichés viennent bien d'une réalité qui s'est trop répétée, nan ? Bref, son père s'est barré et a fait des apparitions inopinées tout au long de sa vie. À coups de « mon amour papa est là ! », les bras chargés de cadeaux. Sa mère devait toujours réparer les dégâts à coups de « mon amour, papa est parti dans la nuit, il a eu une urgence au travail. » *Bullshit*. Elle ne le connaît pas vraiment ce père. Mais il a été essentiel dans le fondement de son rapport avec les hommes. Elle ne sait se contenter que de miettes d'amour, de présence et de gestes. Elle se dit qu'elle ne mérite que ça. Après tout c'est comme ça que papa l'a aimé : de grandes paroles, de la poudre aux yeux et des morceaux de *je t'aime* éclaté au sol, sans conviction. Longtemps, elle a voulu se préserver et rester loin de la race masculine. Race oui. Tous des chiens de la casse. Mais, à vingt ans, elle est tombée amoureuse d'Enzo. Un militaire. L'image protectrice et sécurisante. La représentation masculine qu'elle n'a jamais eue dans sa vie de petite fille. Et la plus jolie bite qu'elle n'ait jamais vue jusqu'à présent ! *#instagramable*. Il lui a dit qu'il serait toujours là pour elle. Que jamais il ne lui ferait du mal. C'est son premier contrat, il lui reste moins d'un an à faire en Métropole. Après ça, il rentre au pays, et ils emménagent ensemble… « La mère de mon futur p'tit boy, c'est toi Cassie ». Pourquoi il n'a pas fermé sa gueule au lieu de dire des conneries ? Il est reparti au régiment, à 10 000 km. La relation à distance a miraculeusement tenue. Bravo l'artiste ! Il est effectivement rentré. Ils devaient effectivement emménager ensemble, une jolie petite maison sur les hauteurs de l'ouest. Monsieur en avait eu sa dose du temps pourri, il voulait vivre à deux pas de la plage. Elle, ça lui faisait des heures d'embouteillage, matin et soir pour aller à la fac, mais qu'importe. Seul le bien-être d'Enzo comptait. C'est aussi ça Cassie, le sens du sacrifice. Ils étaient sur le point de signer le bail. Et, pouf, *he's gone*. Disparition de la surface de la planète. Il a bloqué son numéro, a supprimé tous ses réseaux. Panique à bord. Il a perdu son portable ? Il a eu un accident ? Il est mort ? ! Elle a appelé sa sœur.

— Ma belle, je suis tellement désolée d'avoir à te dire ça. Ma mère m'a appris qu'Enzo est reparti en Métropole. Il a pris le dernier vol, hier soir. Il s'est réengagé pour cinq ans. Je sais pas ce qui lui a pris putain… Cassie je suis là pour toi. C'est mon frère, mais ce qu'il a fait est impardonnable, c'est un gros co…

Elle lui a raccroché au nez. La pauvre, elle n'y était pour rien. Il l'a lâché. Sans rien lui dire. Elle n'a rien vu venir. Il s'est barré cet enculé.

À cette époque, elle n'avait pas Isis. Elle ne pouvait compter que sur elle-même. Et se serait passé des commentaires acides de sa mère du style : « De toute façon ma fille, un militaire ? Tu t'attendais à quoi d'autre ? Ce n'est pas le genre de mecs à se poser. » Merci Maman. Elle s'est complètement laissée engloutir par le boulot. Ce qui a payé. Intérimaire, elle est passée manager en moins d'un an. *American dream* de pauvresse.

Mais, cet abandon n'a pas été sans séquelles. Elle est devenue une vraie, vraaaiiie connasse. Pas de prises de tête, que des prises de cul. Et si un mec tombait amoureux et qu'il voulait s'engager, elle se transformait en monstre d'ego insupportable pour le faire fuir. Elle a usé de la méchanceté, ses mots peuvent se montrer fatals pour un cœur pas bien armé. Elle en a détruit plus d'un… Mais c'est son mécanisme de défense. Elle craque totalement dans sa tête cette meuf. Elle est en pleine dissonance ! Elle aspire à un amour sain et durable, et s'engage uniquement sur des plans à courts termes, qui se soldent même le plus souvent sans orgasme et sans satisfaction. Tout ça pour quoi ? Pour oublier Enzo et pour ne plus souffrir. Cinq ans que ça dure… On est pas sortie de cette merde.

Et puis là Nathan. Une « rencontre » Insta. Nathan_P. a demandé à vous suivre. Et là c'est le drame. Un DM drôle, il attire son attention. Il prend soin de ne pas la complimenter sur son physique. Elle sait déjà que ses grands yeux marron, son sourire ravageur, sa longue chevelure à la *Pocahontas*, et ses seins qui défient toute gravité lui font tourner la tête. Nan, il se rapproche d'elle en parlant de chose et d'autres… Et une chose en entraînant une autre, ça se voit vite *In Real Life*. Et ça se plaît *IRL*… Bref, tout commence par une notification d'Insta.

BABY BITCH

Isis est un concept. Une petite fille dans le corps d'un avion de chasse. Des yeux verts, une bouche ourlée, des taches de rousseur qui lui donnent un air de poupée. De jolies boucles châtains sur la tête. Petite bombe sur pattes. Les opposés s'attirent. À l'inverse de Cassie, qui va toujours opter pour des tenues classes et glam, Isis elle va nous sortir du fluo et du court, du très court. Du décolleté, très décolleté. Des talons hauts, très hauts. Bref, elle refuse de passer inaperçue. Elle veut briller… et ça attire l'œil. Pourquoi tant de m'as-tu-vu concentrés dans un si petit bout de femme ? La psychologie est vraiment étrange. Elle refuse de se cacher, car c'est pour elle un gros *fuck* à celui qui a abusé d'elle pendant son enfance. Son oncle, ce gros porc. Elle refuse de lui laisser le luxe de faire d'elle une pauvre fille timide, marquée à vie par ses grosses mains dégueulasses posées sur ses fesses de gamine de neuf ans. Elle lui refuse le privilège de la détruire. Il a réussi à ruiner son innocence, il ne va pas en plus éteindre sa lumière, alors elle brille. Pas forcément de la bonne manière, mais c'est la manière qui lui convient. À vingt-trois ans, elle a un tableau de chasse plus rempli que celui de son aînée. Et elle se montre moins difficile. Sa phrase à elle ? « Je ne sais pas si je serai encore vivante demain, alors autant avoir un orgasme aujourd'hui ». Mais derrière cette nonchalance et ce *YOLO* affichés, se cache une vraie reine de la destruction. Elle est capable de vous faire vous sentir si spécial, elle va s'attacher à vous si fort et si vite. Elle va vous donner l'illusion parfaite que vous êtes LA personne qu'elle attendait… Et puis sa dépendance affective prend le dessus. Elle se lasse aussi vite qu'elle s'est ancrée, et se barre vers un autre port, plus musclé, plus riche, plus beau. Elle vous laisse minable. Et si vous cherchez à la retenir, idiots, vous allez en chier. Elle va vous démonter. Psychologiquement, vous allez en ressortir ravagé. Elle va souffler le chaud et le froid. Vous ne saurez plus sur quel pied danser. Mais vous serez incapable de lui en vouloir. Elle ne le fait pas exprès. Elle est dépendante. Elle pense, à tort, être arrivée à bon port à tous les ports ! Alors, elle a du mal, beaucoup de mal à couper les ponts. Autour d'elle gravitent des dizaines de pauvres mecs satellites qui n'ont pas encore capté qu'elle n'est pas prête à s'engager, et que, pendant qu'ils lui envoient tout leur amour, elle est en train de s'envoyer en l'air avec le serveur du drive… Elle cède à la moindre once d'attention. Elle se déculpabilise en se disant qu'elle les avait prévenus. Mais elle est tout aussi dissonante que son acolyte. Elle dit non, mais ses actes disent le contraire. Alors, ceux qui croisent son chemin n'en sortent jamais indemne. Est-ce qu'elle a déjà réussi à se poser ? Oui. Miraculeux. Un adorable jeune homme, Stephen. Cassie l'aimait beaucoup. Il était juste parfait pour Isis. Il était patient, attentionné, romantique. Ses actes et ses paroles étaient en parfaite cohérence. Ce mec était la congruence incarnée. Et pour une fois, elle avait l'air d'en avoir conscience. Il avait des projets, voulait vraiment s'investir avec elle. Et quand c'est devenu trop concret, trop sérieux, elle a fui. À coups de « on est trop différents, il est fermé ce gars ! »

Hum mouais… prétextes bidon, gars *destroy*. Elle a créé un connard. Et s'est vite tourné vers le connard qu'une autre avait créé. Ainsi va le cycle d'Isis.

BITCHES

Combo fatal. Une reine du mépris et une reine de la destruction unies par leurs âmes qui se reflètent leurs propres blessures. Ajoutez à ça le fait que la nature en a fait deux bombasses. Si elles avaient été moches, le monde aurait pu y survivre. Mais là, le monde n'est pas prêt. Il paraît qu'on n'attire pas les mouches avec du vinaigre. Il a fallu qu'elles soient belles, magnétiques, drôles, intelligentes et bien roulées. Je ne suis que la narratrice de cette histoire, la *voix off* de tout ce bordel imminent. Et croyez-moi quand je vous dis que je ne sais pas ce que l'Univers a foutu à nous coller ces deux-là ensemble. Je sens venir les problèmes.

Pour le moment, tout roule. Elles se contentent de vivre leur vie, bar, vin, mecs, Tinder, boulot, Netflix, plage et resto. Tout roule parce qu'aucune des deux n'a eu à montrer la pire version d'elle-même. Personne n'a été blessé depuis Stephen, depuis Enzo. Il n'y a pas eu de déception car il n'y avait pas d'attente.

Le Piton des Neiges n'est pas éteint, il est endormi. On l'admire, on le craint un peu mais on est subjugué par sa beauté, par la vue imprenable qu'il nous offre après sa rude ascension. Le Piton de la Fournaise est en activité quasi permanente. Il se donne en somptueux spectacles, attire les foules à ses pieds, et parvient même à hypnotiser ceux qui souhaitent le regarder de trop près et qui s'y brûlent. Quand La Fournaise se réveille, on est tous admiratifs oui, mais on garde quelque part en tête une interrogation : s'il gronde trop fort, s'il se met à trop cracher de lave, ça ne va pas réveiller l'autre endormi ? Si le Piton des Neiges est réveillé par les cris du petit, il nous engloutit tous sur son passage. Alors je ne sais pas si géologiquement c'est possible. Si ça fonctionne comme ça. Mais tous les créoles non diplômés en géologie et SVT se sont déjà fait cette réflexion. Nos deux *bad bitch* sont ces deux volcans. Une qui se met à crier trop fort, l'autre se lève et dégomme tout sur son passage. Elle cherchera des explications après. Mais en attendant, tout le monde est mort, et son autre a cessé de crier.

Pour le moment, elles sont *safe* et stables. Mais gardez toujours à l'esprit que si l'on touche à l'une, on blesse l'autre. Alors les deux se réveillent… Fatalement.

LA ROUTINE NE TIENT QU'À UN FIL

— Ça vous fait un total de 19,99 €, s'il vous plaît, Madame.

Le magasin est blindé. C'est toujours la folie dans cette boutique. Les gens y foutent un bordel monstre, sans respecter le travail que l'équipe met des heures à faire. On dirait un lâcher de putes après une nuit passée en cellule de dégrisement. Genre t'as jamais vu un t-shirt avec un *Mickey* imprimé dessus ? T'as besoin de t'exciter et de faire tomber toute la pile pour trouver ta taille de grosse vache ?

— Je pourrais avoir un sac s'il vous plaît ?
— Bien sûr, ils sont à quinze centimes, ça vous va ?
— Quoi ? Mais avant ils étaient gratuits !
— Effectivement. Mais la politique de la marque a changé Madame. Je vous le mets ou pas du coup ?

Isis commence à arborer son sourire d'*Harley Queen*, rien ne va plus.

— C'est inadmissible ! C'est clairement se foutre de la gueule des gens ! Non mais ! Je fais des achats et je dois payer le sac !
— Casssiiiiiiiee ?

En réserve, elle reconnaît ce cri. Une cliente fait des siennes. Putain de bordel. Elle prend une grande inspiration. Se lève. Expire. Sourire de circonstance et on passe en surface de vente. Rapidement, elle repère la cliente agitée en caisse, et le sourire de psychopathe d'Isis. Merde.

— Bonjour Madame. Je suis Cassie, la responsable du magasin. Qu'est-ce que je peux faire pour vous ?
— Votre vendeuse c'est une petite conne condescendante ! Elle veut me faire payer le sac, je lui fais remarquer que je suis une cliente fidèle, elle refuse de faire un geste commercial ! Je vais faire une réclamation !

Une *petite conne,* elle a dit. Cassie sent son corps se raidir. Elle a clairement envie de lui foutre une tarte.

— C'est la politique de la marque Madame. On ne fait qu'appliquer les consignes.
— C'est exactement ce que je lui ai dit, lance Isis d'un ton provocateur, fusillant la cliente du regard.
— En plus, elle vous l'a dit. Vous le prenez ou pas ce foutu sac ?

Cassie a cette faculté de faire taire n'importe qui, rien que par son aura de *queen*. Elle inspire le respect. Elle peut vous dire d'aller vous faire foutre et vous lui direz merci, tant vous serez complètement sous le charme du sort qu'elle vous lance.

— Oui, je vais le prendre votre sac. Mais sachez que je vais faire un courrier de réclamation.

Cassie, sourire d'ange démoniaque :
— Vous pouvez le faire directement sur le site, à la rubrique réclamation. Nous serons ravies de vous lire. Bonne journée Madame, à bientôt.

La cliente sort du magasin visiblement agacée.

Isis se lâche :

— Putain mais comment j'ai failli lui éclater la gueule à elle !

— Oh calme-toi, y'a d'autres clientes dans la boutique, et t'es toujours en caisse.

— Nan mais t'es de son côté ou quoi ? se mit-elle à crier.

Cassie la tire par le bras et l'emmène à l'arrière du magasin.

— Oh *baby* calme-toi tu veux ! T'as tes règles ou quoi ? Je ne suis du côté de personne. Je gère une boutique et les clients qui vont avec. Elle s'est tapé son délire pour faire son intéressante, mais c'est fini et on a d'autres clientes moins connes dont on doit s'occuper. Elles ont pas à subir tes humeurs.

— Tu ne me soutiens pas devant les clientes !

— Là t'abuses meuf. Je suis allée dans ton sens. J'avais aussi envie de lui éclater la gueule. Mais on ne peut pas faire ça et on doit se montrer pro envers tout le monde, et particulièrement envers celles qui passent après une grosse conne.

— Hummmmm, grogna Isis.

— Allez reprends la caisse s'il te plaît, et arrête de me faire ton caca nerveux. *Next.*

— Oui chef…

— Tais-toi !

Et elle lui claque les fesses avant de reprendre ses activités administratives en réserve. Ce boulot va la rendre dingue. Trop de choses à gérer et pas suffisamment de temps dans une semaine. Elle craint qu'un de ces jours, ce soit elle qui pète une durite sur une cliente mal lunée… Ce serait le point de non-retour. Isis est tellement impulsive, c'est presque normal qu'elle se prenne le chou avec les clientes. Et avec l'équipe. Mais Cassie c'est la force tranquille, toujours dans le self-control, à tempérer *Baby Bitch*. Une sorte de modératrice.

Pause déjeuner. Ensemble, encore et toujours.

— J'ai trop hâte de rentrer, qu'on se pose avec un verre de blanc et un bon joint. Euh… Cassie, merci de m'écouter s'il te plaît !

— Hum quoi ? Pfff désolée… J'ai un drôle de pressentiment. Une boule au ventre. C'est moyen.

— Tu bosses trop.

— Nan rien à voir. C'est autre chose. Genre je sens venir un faux bail tu vois ?

Cassie a toujours été très intuitive. Elle est du genre spirituelle. Elle croit à une énergie supérieure, elle ne croit pas du tout au hasard, et elle sait écouter les signes. On lui murmure à l'oreille qu'il y a un truc qui cloche. Une vibration sur la table. Les deux paires d'yeux se posent sur le portable de Cassie qui s'agite : EnzoMiliBoy veut vous envoyer un message.

— Ah bah le voilà ton faux bail.

— Putain mais c'est une blague ? Cinq ans sans nouvelles. Cinq ans meuf !

— Je sais, pas la peine de crier, rétorqua Isis en s'esclaffant.

— Arrête de rire, c'est pas drôle, lâcha Cassie en tentant de dissimuler son fou rire imminent.

Nerveux, c'est un fou rire nerveux. Elles paniquent toutes les deux. Et leurs cerveaux lâchent par le rire. Pas du tout la réaction appropriée, mais vous commencez à comprendre que nos *bitches* ne sont pas adaptées aux codes de la société.

— Faut que je lise quand même.

— Tu veux le faire de suite ?

Elle l'a déjà ouvert.

Salut Cassie. Je sais que ça fait longtemps, et que tu dois probablement me traiter de tous les noms rien qu'en voyant ma notif. Et c'est légitime. J'ai complètement foiré... et plus le temps passait et plus j'avais peur de venir vers toi. Résultat, cinq ans ont passé. Et je ne suis qu'un con. J'aurais dû te dire tout ça il y a bien longtemps. Je rentre définitivement à La Run très bientôt. Je sais que je ne suis pas en position de te demander quoi que ce soit, mais j'aimerais qu'on se voie, pour mettre les choses à plat. Il s'est passé pas mal de choses et on est plus les mêmes... Bref, tiens-moi au courant, s'il te plaît. Prends soin de toi.

Isis a tout lu par-dessus son épaule.

— Tu vas lui dire quoi ?
— Rien. C'est l'heure, on reprend.
— Meuf, tu vas faire abstraction et aller bosser ? Genre il ne s'est rien passé ?
— Il ne s'est rien passé. J'ai reçu un message d'un fantôme. Les fantômes n'existent pas donc il ne s'est rien passé.
— Oh putain elle commence à raconter n'importe quoi... Ok *babe* on va dire qu'il ne s'est rien passé jusqu'à ce que tu pètes un câble.

Cassie ne prend même pas la peine de relever et entre dans la boutique et lâche un piquant :
— Je me casse une heure et le nombre de colis à déballer n'a pas bougé. Qu'est-ce que vous avez foutu en fait ?

Suivie de près par Isis, qui chuchote aux pauvres intérimaires :
— Faites pas attention, elle a cru voir un fantôme. Elle ne sait pas gérer ça.

Une douche, il lui faut une bonne douche. Cassie a fermé la boutique. Elle passe le pas de la porte de l'appart aux alentours de 21 heures. Isis cuisine. Et ça sent follement bon.

— Pizza maison ?
— *Exactly*. Et le blanc est au frais. La *weed* est roulée. J'ai mis l'enceinte Bluetooth en charge dans la salle de bain, je sais que tu vas t'y précipiter.
— Hum. Tu me connais un peu trop.

Cassie referme la porte de la salle de bain. Coupe les notifs de son portable, lance du Tayc. Elle se déshabille et entre sous le rideau d'eau bouillante. Tous ses muscles se détendent presque instantanément. Un frisson parcourt son corps nu. Elle visualise toutes les mauvaises énergies de la journée coulées le long de ses jambes pour finir dans la bonde. Si seulement elle pouvait aussi y faire couler ses pensées et le message d'Enzo que son cerveau a machinalement enregistré. Elle a une mémoire de ouf… et c'est ce qu'il y a de plus douloureux. Elle n'oublie rien, et les infos et moments sont comme gravés dans son ADN. Chaque souvenir est lié à une émotion. Comme si son corps lui faisait revivre l'instant. Bref, elle pense à Enzo. Précisément, à cette fois où, après une journée passée à la plage, il l'avait rejoint sous la douche. À son regard, elle savait qu'elle allait y passer. Elle qui avait fait la maline toute la journée à se balader en topless et tanga sur le sable fin, l'heure de payer la note avait sonné. Il est d'abord venu doucement et a posé un doux baiser fugace sur ses lèvres. Ils ne se touchaient pas. Ils étaient séparés par cinq centimètres à peine, baignés dans la vapeur chaude. Il regardait sa bouche, sa respiration n'était pas régulière. Son érection était tout ce qu'il y a de plus régulière.

— T'as passé ton temps à me torturer aujourd'hui.
— Te torturer ? Pourquoi ?

— Parce que je ne pouvais pas te sauter dessus. Et te rappeler que tu m'appartiens. Même si tu te balades les nichons à l'air sur la plage et que les mecs ne savent pas te mater en *scred*. T'es à moi.

Il s'est rapproché d'elle. Son corps collé au sien, chaud et mouillé. Il l'a soulevé sans le moindre effort et l'a embrassé fougueusement. Son souffle à elle non plus n'était plus régulier. Elle s'est agrippée à son cou, s'est serrée contre lui. Il a relâché son étreinte et l'a posé. Elle l'a regardé, sans comprendre. Un supplice. Il lui sourit et la retourne. La plaque contre le mur. Son visage enfoui dans le creux de sa nuque. Elle frissonne de plaisir rien qu'avec son souffle près de son oreille.

— Dis-moi à qui tu appartiens *Boo* ?

Le souffle court, retenue par tout le poids de son homme sur son dos. Elle répond, haletante :
— À toi Enzo. Rien qu'à toi.
— *Good girl babe.*

Il la soulève légèrement, et la pénètre d'un seul mouvement vif. Elle était déjà trempée, et n'attendait que cette délivrance. Il entame ses va-et-vient, lentement, comme pour faire durer son délicieux supplice. Sa bite est la meilleure punition du monde. Elle se cambre. Il lui retient le bras dans le dos, fermement. Elle s'accroche de sa main libre au tuyau du pommeau accroché au mur. Elle s'y cramponne si fort qu'il risque de casser ! Il se montre plus vigoureux dans ses mouvements. Il accélère. Elle s'affole, elle gémit. Il lui lâche le poignet et sa main se balade autour de ses seins durs. Puis remonte autour de son cou. Il ralentit à nouveau. Elle lui lance ce regard qui le supplie de continuer. Il s'agrippe à sa gorge :

— Je t'aime Cassie.

— Continue je t'en prie !

Il se mord la lèvre inférieure, elle se cambre encore un peu plus ; elle sait qu'elle a atteint l'angle parfait. Il relève sa tête vers l'arrière pour garder le contrôle, c'est trop bon. Il accélère de nouveau. Dans un mouvement en parfaite symbiose ils se lancent dans le dernier rodéo jusqu'à…

…un toc toc à la porte :

— Oh meuf, tu veux faire augmenter la facture d'eau ou quoi ? Sors, la pizza est prête.

Atterrissage brutal.

— Ouais j'arrive, j'ai fini là.

Ok hors de question qu'elle voie Enzo. Cinq ans ont passé, mais c'est comme si c'était hier. On ne va pas jouer avec le feu. Et puis, il y a Nathan. Oh meeeerde Nathan ! Elle devait lui répondre pour ce soir ! Oh et puis tant pis, elle l'appellera demain.

— Allô ?
— Je suis désolée.
— Mouais. Tu vas devoir te faire pardonner tu le sais ?

Nathan a une voix basse. Très basse. Très viril, très très sexy. C'est un pur concentré de testostérone. Il est d'un magnétisme ! Il est grand, black, très bien foutu. Une grande bebar hyper soignée. Il est positif, il a une énergie qui se veut rassurante. C'est la première chose que Cassie a ressentie quand elle l'a vu sortir de sa voiture sur le parking du Run Market. Elle l'attendait, assise à la terrasse de la boulangerie. Plus il s'approchait d'elle, et plus elle sentait son cœur qui tentait de s'échapper de sa poitrine. Envoûtant. Il est infirmier à l'hôpital universitaire, service pédiatrie. Il aime les gosses en plus. Il n'a pas forcé les choses avec elle, c'est ce qui l'a plu.

— Ce soir je finis à 18 heures Je prends à manger et je te rejoins chez toi ? Et je te promets que je trouverai le moyen de me faire pardonner.
— Hum à 18 heures je dois voir un pote du boulot. Il ne va pas très bien en ce moment, il traverse une phase un peu complexe dans sa vie perso. Je vais boire une bière avec lui. Je pense être dispo plutôt pour 21 heures, voire 22.

Frisson le long de la nuque. Y'a un truc qui cloche.

— Ah ok. Bah ok pour plus tard. Tu m'écris quand t'es dispo et je viens.
— T'es un amour. Je te laisse, j'ai quelques courses à faire. À ce soir ma belle.
— Bisou.

Elle rentre dans le salon. Isis est assise dans le canapé, son bol de céréales sur les genoux à *scroller* ses réseaux.

— Isis…

Elle ne lève même pas les yeux.

— Ouais ?
— J'crois qu'il a une autre meuf.

Elle lâche son portable qui tombe lamentablement sur le tapis.

— T'avais grave raison, c'est un super investissement ce tapis. Bref. Une meuf ? Mais qu'est ce qui te fait dire ça ?

— *Chépaaaa* ! Je lui propose de venir ce soir juste après le taf et il me dit qu'il doit voir un pote et de venir plutôt vers les 21 ou 22 heures…

— Et donc ?!

— Et donc on est mardi, il a toute la journée pour voir son pote.

— Tu vas trop loin Cassie.

— Tu crois ?

— J'en suis sûre même. Arrête de penser comme ça, tu vas finir par tout gâcher. Et sinon, ton fantôme, on en parle ?

— Non. Y'a rien à dire. Je ne répondrai pas. On ne se verra pas. Affaire classée.

— Okeeeey…

Ce soir-là, Isis était de sortie. Un mec qui accompagnait sa meuf pour faire du shopping, et qui est revenu sans sa meuf pour *shopper* la vendeuse. Le genre de bail dans lequel Cassie ne se lance pas. Chacune son trip. Elle était seule, et regardait l'heure de temps à autre, anxieusement. Y'a un truc qui cloche. Elle le ressent si fort. Plus les aiguilles défilaient et plus elle sentait monter la pression. 22 h 15… pas de nouvelles. Elle l'appelle. Ça sonne. Répondeur. 22 h 40. Un message.

Désolée ma belle, y'avait pas de réseau chez mon pote. Je prends la route, je serai à la maison d'ici quinze minutes. À toute.

En temps normal, si ça avait été un autre mec elle lui aurait calé un vu et lui aurait posé un lapin. D'où tu te permets de la faire poireauter plus que prévu alors qu'elle dégage de son précieux temps pour toi ? Elle devrait l'envoyer chier. Mais, merde. Elle doit bien se l'admettre, elle s'est attachée. Elle ne peut donc plus le traiter comme les autres. Elle prépare ses affaires et prend la route. L'avantage de vivre sur le chef-lieu c'est que t'as l'impression que tout est à côté. Quinze minutes plus tard, elle frappe à sa porte. Il lui ouvre, une serviette autour de la taille, encore mouillé. Un sourire en coin, ses abdos qui hurle à l'atteinte à la pudeur, il lui lâche de sa voix rauque un magnifique :

— Salut ma belle.

Elle le pousse doucement vers l'intérieur. Lui ôte sa serviette. Ah tiens, content de la voir on dirait. Elle l'emmène vers le divan, le fait s'asseoir.

— Je crois que je dois me faire pardonner il me semble ?

Il a les yeux qui brillent. Il acquiesce. Elle se lance dans une de ses fellations magistrales comme elle en a le secret. Très vite, il ne tient plus et soulève sa robe bleu électrique. Elle avait anticipé, et ne portait même pas de petite culotte. Il est surpris de tomber directement sur la peau douce de son joli petit cul galbé. Il sourit. À cheval, sur ce divan, la *queen* prend les commandes. Mais, le mâle alpha ne se laisse pas faire très longtemps. Il la soulève et l'allonge. Un bon vieux missionnaire, agrémenté de sa légendaire technique de l'alignement coïtal qu'il fait inconsciemment. Putain ce mec est définitivement son meilleur coup. Allongés côte à côte, ils savourent ce moment post-orgasmique.

— Je crois que je suis bon pour aller reprendre une douche.

Elle rigole. Il se lève et se dirige vers la salle de bain.

— J'ai pu avoir d'la *skunk* comme t'aime. On va se mettre bien ce soir. Tu viens avec moi ?
— Nan, vas-y. J'ai les jambes qui tremblent encore donc…

Elle réussit à flatter son ego, il part à la douche, satisfait. Ok, où est son putain de téléphone. Ses jambes ne tremblent pas du tout. Elle fouille nerveusement et rapidement sans succès. Puis stoppe tout et inspire.

« Sois intelligente Cassie. Ne *speed* pas. Visualise. Où as-tu l'habitude de voir son téléphone ? »… en charge dans la cuisine ! Elle file sur la pointe des pieds dans la cuisine, en s'assurant que les bruits provenant de la salle de bain indiquent bien que l'eau coule toujours. Bingo, il est là, *as usual.* Elle n'a pas le code. Mais peut-être qu'il a reçu des notifs. La chance est-elle de son côté ? Tiens, étrange, le portable est posé, écran retourné. Pas habituel ça. Elle le retourne. Double tap.

J'ai vraiment passé un super moment Nat. Je suis tellement heureuse de t'avoir dans ma vie…

Elle ne peut rien voir de plus. Une certaine Sofia. Inspiration. Expiration. Self-control. Le bruit de l'eau cesse. Elle doit retourner au divan.

— Ça va mieux les jambes ? demande-t-il d'un sourire lubrique.

À cet instant précis, elle s'est visualisée en train de lui couper le *zgeg* et le lui fourrer bien profond dans la bouche.

— Oui, je suis capable de traîner mon corps de rêve jusqu'à la douche.

Il lui tend la main, et l'attire à lui. Il la tient par les hanches, la regarde amoureusement en la balançant lentement de droite à gauche. Elle s'efforce de jouer le jeu et lui tient nonchalamment le cou.

— Dépêche-toi, j'ai envie de profiter de notre soirée en amoureux. J'ai trop besoin de câlins.

Sois naturelle Cassie. Elle le gratifie d'un baiser avant de filer sous la douche :
— T'inquiète, je fais vite.

Elle referme la porte derrière elle. Téléphone. Message. Isis.

Meuf, je t'expliquerai après, mais transforme-toi en You. Va sur le profil Fb de Nathan. C'est Perez Nat. Et trouve-moi tout ce que tu peux sur une certaine Sofia. Avec une orthographe aussi pourrie, il ne doit pas en avoir des tonnes. Idem sur son insta s'il te plaît.

Elle fait couler l'eau, se regarde dans le miroir. Elle tachycarde. Elle a envie de lui faire mal. Mais *wait*, on a pas toutes les infos. Et elle préfère missionner Isis sur ce coup, parce qu'elle n'est pas en capacité de tout faire en même temps. Faut déjà qu'elle tienne son rôle toute la soirée. Vibreur. Elle est fantastique. Ou alors il est juste trop con pour agir en sous-marin. Un peu des deux.

Trouvé. Il est débile ce mec. Tu ne vas pas aimer. Une blonde, pas d'ici. Calm down, fais pas de connerie. On en reparle quand tu rentres et on avisera.

Putain, elle le savait. Elle se douche, en mode pilote automatique. Elle le rejoint sous sa terrasse, déjà en train de griller son *bédo*.

— Huuuum tu sens bon ma puce, lui dit-il en pressant sa tête contre son ventre.

Ne sois pas stoïque Cassie. Caresse-lui la *bebar* comme tu aurais fait d'habitude.

— Je suis un peu crevée finalement Nat. J'ai eu une grosse journée et il est tard. Demain je commence un peu plus tôt que prévu.
— Roooh… Tu fumes même pas avec moi chérie ?

Chérie ? Une première celle-là. Il se fout vraiment de sa gueule.

— Oh ne me fais pas tes yeux doux comme ça ! Tu sais bien que j'ai du mal à te dire non ! Mais je suis vraiiiiment crevée, se plaint-elle en faisant la moue.

Elle s'étonne elle-même de son jeu d'actrice.

— Hum, ça me brise le cœur mais je m'en voudrais si t'es pas *opé* demain. Va te coucher, je traîne un peu et j'arrive.
— Sois sage hein ?
— Toujours

Connard. Il la prend vraiment pour une *noob*. Mon coco, tu ne sais pas dans quoi tu t'es embarqué. On dit souvent de Cassie qu'elle est un monstre de séduction. Un bel oxymore qu'elle affectionne particulièrement. Surtout parce qu'elle sait à quel point il sonne vrai. Nathan a réveillé le monstre… Sans savoir qu'il ne marche pas seul.

07 heures tapantes, Cassie débarque en furie dans l'antre. Isis est déjà sur le pont. Pour qu'elle soit debout si tôt, sur son jour de repos, après une soirée de *kenage* intense, il faut vraiment que la situation soit grave.

— Je t'ai fait du café. Ton préféré, à la vanille.
— À ce point ?
— Et j'ai pioché dans ma réserve perso de Dinausorus, tiens.
— Ok, c'est à ce point. Vas-y balance.

Elle dégaine son portable et sait exactement quoi taper dans la barre de recherche : *Sofiiia Miia*. C'est quoi ce nom de merde. Une photo d'une blonde aux grands yeux noisette s'affiche.

— Fuck. Elle est canon.
— Ouais j'avoue. Il a bon goût cet enculé.

Elle *scrolle* son mur pour lui montrer ce qu'elle a trouvé. Une publication datant de quatre mois auparavant. Nat et elle lors d'un week-end romantique au Palm. Rien que ça. Et plus récemment, la veille en l'occurrence, un selfie d'eux deux en mode bronzette sur la plage, Copacabana, évidemment. Ok.

— Il est pas identifié dessus ?
— Nan. Il a dû lui sortir l'excuse bidon du je suis pas trop à l'aise avec le fait de m'afficher de trop sur les réseaux. Mais il est débile, elle est parmi ses amis, et c'est la seule Sofia. En revanche, elle existe pas sur insta. Qui n'a pas cette appli d'ailleurs ? Bref. Du coup, c'est normal que sur insta il te marque dans une story à la con de temps à autre.
— Hum, je vois. Pas si con finalement. À moi il m'avait dit que si notre relation continuait à évoluer, il voulait nous préserver et ne pas mettre de photos de nous, pour ne pas nous attirer le mauvais œil. Quel enfoiré !
— *Really* ? Pff heureusement que tu ne t'es jamais affiché avec lui.
— Ouais mais ça aurait pu.
— Mais c'est pas arrivé. Ne stresse pas pour un truc que t'as pas fait.
— Fais bien voir sa gueule à elle.
— Ils bossent ensemble meuf.
— Mais *what* ? !
— Hum. Je t'avais dit que t'allais pas aimer. Je crois que c'est sa DRH.

— Je vais le buter.
— Naaaaaaan. Mieux ! J'ai déjà tout prévu.

Elle se lève et se dirige vers le placard des alcools.

— Meuf qu'est-ce que tu fous ? Il est à peine 07 h 10. Je dois aller bosser en plus.
— Nope. J'ai prévenu le boulot que t'étais malade. Genre symptômes covid tu vois ? Et du coup bah moi je serai éventuellement cas contact. Donc la procédure veut qu'on soit en isolement sept jours. J'ai demandé à Mathilde de nous faire basculer ça en congé. Elle a accepté. Donc c'est géré. Elle a moyennement apprécié que je la réveille à 06 h 30, mais c'est GÉ-RÉ.

Elle sort une bouteille de tequila, chope le sel et les quartiers de citron qu'elle avait déjà coupés. Elle remplit deux mini verres.

— Je lève mon shot à l'opération vengeance sale des *bitches* !
— Tchin !

Toujours là l'une pour l'autre, même dans les plans foireux. Je sais pas vous, mais moi j'ai peur. Je crois qu'au bruit des verres de shot qui s'entrechoquent, le diable lui-même est allé en congé au fin fond du monde. Même lui ne veut rien à voir à faire avec cette histoire. Pauvre, pauvre Nathan ! Et pauvre Sofia, sexy dommage collatéral.

— J'ai créé un faux compte, lança Isis.
— Pour ? Une *fake* meuf pour le pécho ?
— Mais nan. Bon, on va dire que t'es en état de choc et que tes neurones ont du mal à se connecter entre eux.
— Niah niah niahhhh ! grimaça Cassie.
— Niah niah ? Mais qui dit ça à 25 ans ?
— Je dis ce que je veux. Sers-moi un autre shot et accouche.

— Alors, en temps normal, on serait parti sur le plan classique, testé et approuvé. Tu l'aurais ignoré du jour au lendemain. Trois semaines plus tard, je déboule dans son *feed*. On discute, je me mets en mode « je trouve que ce que ma pote t'a fait c'est dégueulasse bla bla bla » ; il tombe dans le panneau puisque sa rancune envers toi a eu le temps de monter. Je m'arrange pour qu'on se voie, on se chauffe. Je l'attache au lit. Tu débarques pour lui dire ses quatre vérités, on le prend en photo, on l'envoie à sa meuf, on la diffuse sur nos réseaux et il devient un *mème*.

— Et pourquoi on ne part pas sur du classique ?

Isis lève les yeux au ciel :

— Roooh mais meuf t'es vraiment à l'ouest ! Parce qu'on a pas le temps ! On a une semaine de congé devant nous. On ne peut pas se permettre de faire monter la sauce. On arrive en période de fin d'année à la boutique, tu sais dans quel état on va être. On aura plus de force pour lui pourrir la vie. Et je préfère régler ça rapidement, pour que tu puisses aussi rapidement passer à autre chose. Tu te sens comment ?

Cassie siffle un autre shot.

— Je me sens pas. Je suis anesthésiée.

Elle a les larmes qui lui piquent le coin des yeux.

— T'as le droit d'avoir mal. C'est normal. Tu tiens à lui.

— Je pensais que…

Sa voix se brise. Elle se ressaisit.

— Je pensais que c'était différent cette fois.

Elle fond en larmes.

— Je suis vraiment conne ! C'est quoi mon putain de problème ?

La voir dans cet état éveille chez Isis une rage profonde et viscérale. Il va payer ce chien.

— Hééé chérie, c'est pas de ta faute. T'y es pour rien. C'est lui le con. C'est lui qui n'a pas su voir ce qu'il avait entre les mains. Meuf t'es exceptionnelle ! Pleure un bon coup, mais ne le laisse pas te détruire ok ? Il ne le mérite pas. Il ne te méritait pas non plus d'ailleurs.

Cassie sèche rageusement ses larmes :
— Ouais j'avoue. Fais chier, c'était un super coup, lâcha-t-elle en feignant un sourire.
— T'inquiète, je vais te prendre un autre gode. Même si c'était un super coup, je suis sûre qu'il n'avait pas de fonction vibreur.
— T'es con !

Une autre tournée de shot. La tequila se boit comme de l'eau. Cassie verse le verre dans son café à la vanille.

— C'est dégueu. Fausse bonne idée ! Mais je vais le boire quand même, j'ai besoin d'alcool. Donc, la suite j't'écoute Isis.

Elle a les yeux qui brillent. Elle replie ses jambes, en position du lotus et se lance dans ses explications.
— Alors, le faux compte que j'ai créé va servir de détracteur pour annoncer à Sofia que son mec est en train de la tromper. Vendredi soir tu organises une soirée chez Nathan. Tu fais tout bien hein, les chandelles, la lumière tamisée, les dessous sexy, tout tout tout ! Vous vous faites livrer à manger, ne perdez pas de temps en cuisine. Moi je serai en bas de son immeuble, dans la voiture, à guetter le moment où tu l'entraîneras sous le balcon, en prenant bien soin d'être dos à la rue, pour que moi je puisse voir son visage. Une petite photo, un peu floue, certes mais qui ne laissera aucun doute sur le fait que c'est chez lui, que C'EST BIEN lui. Hop, envoyer à la Sofia via mon compte de vengeresse anonyme.
— C'est tout ? questionna Cassie l'air un peu déçue.

— Cache ta joie. Nan c'est pas tout. Faut que tu t'arranges pour déverrouiller la porte d'entrée.

— Hein ?

— Déverrouiller la porte d'entrée, articula Isis en exagérant de ouf.

— Oui j'avais compris, patate, mais pour quoi faire ?

— Tu réagirais comment toi si tu recevais une photo en live de ton mec en train de te tromper ?

— Je débarque. Ok j'ai capté. Je prends soin de déverrouiller la porte pour qu'elle puisse entrer en mode hystérique. Effet de surprise.

— Voooiiilà. J'ai vérifié, elle habite à peine à deux ronds-points. Elle sera là très vite. Il faut qu'entre le moment de la terrasse et son arrivée, tu puisses le chauffer et être en plein préliminaires quand elle arrivera.

— Nan, rétorqua Cassie.

— Nan ? Comment ça nan ?

— C'est une meuf. Ça lui fera plus de mal si elle nous surprend simplement dans un moment de tendresse. Ça va plus la marquer que si elle me voit en train de le sucer.

— Hum, pas faux. Bien. La tequila te met les idées au clair. Ok donc débrouille-toi pour être en mode lionne câline à ce moment-là. Tu penses y arriver ?

— Tu oses me poser la question ? dit-elle en souriant.

Isis lui rend son sourire.

— Je ne sais même pas pourquoi je demande. Quand la blondasse débarque, moi je monte pour tout filmer. Ensuite, on balance ça sur les réseaux. Il va faire un *bad buzz* à sa petite échelle. Ce con il a ses collègues parmi ses amis Facebook. T'inquiète même pas que j'ai bien pris le temps de noter tous les noms… Ils seront tous identifiés sur la vidéo. On va foutre le bordel dans sa vie.

— Et après ?

— Quoi après ? Bah après tu le bloques et on en parle plus. Tu vas te dégoter un mec pansement quelque part et le temps fera son taf. *As usual.*

— Passe-moi carrément la bouteille.

Putain, il est quelle heure ? Il fait encore jour ? Isis ouvre difficilement un œil. Elle est dans la chambre de Cassie, qui est toujours endormie près d'elle. Elle prend soin de ne pas la réveiller. Un coup d'œil au réveil. 16h38. *Damn* ! Elles ont comaté toute la journée. Elle a un de ses maux de crâne. *Fucking* tequila. Elle se lève et se prend les pieds dans une bouteille vide. *Fucking* bouteille. En entrant dans le salon, elle en voit une seconde, les trois quarts entamés. Tout s'explique. Les cadavres de cinq Despé Red gisent sur le tapis. Un *bédo* à moitié fumé. Elle l'allume. Elles n'ont pas chômé on dirait. Elle expire la fumée tout en relâchant sa nuque sur l'épais coussin moutarde du canapé. Elle fixe le brasseur d'air qui tourne non-stop en cette période estivale. Quel con ce mec. Il a vraiment merdé. Cassie semblait tellement bien. Elle était prête à lui donner une vraie chance. Tous des gros enculés. Elle est détruite. Elle fait genre, mais Isis sait qu'elle est toute cassée. Quand tout sera retombé, elle sait que sa pote va craquer, et elle aura besoin d'elle. Et elle sera là, comme toujours. L'odeur de la *skunk* envahit doucement l'atmosphère. Une tuerie ce truc. Heureusement que ça existe, parce que sinon elle aurait déjà vrillé elle aussi. Elle serait allée lui éclater sa sale tronche de beau gosse à ce *blackos*. Cassie souffre. Isis souffre aussi. Connexion. Elle sourit rien qu'en visualisant la scène qu'elle prépare. Elle a déjà pensé au texte qu'elle va mettre pour accompagner la fameuse vidéo. Un truc du genre « cher tous, laissez-moi vous présenter Nathan. Chien de la casse qui fait face à ses deux meufs. Alors mon gars, ça fait quoi quand le karma t'encule à sec ? ». Elle rigole de son propre délire. La *weed* lui monte à la tête. Elle dépose son joint sur le bord du cendrier, et se laisse à nouveau gagner par le sommeil.

On est jeudi. Cassie se réveille difficilement, aux alentours de 10 heure. Isis est déjà debout.

— T'as une sale tête meuf. Faut qu'on règle ça pour demain. T'es censé être en mode bombasse pour cette soirée romantique. Si t'arrives avec des cernes et les traits tirés, il ne va pas être dans le bon *mood.*

— Heureusement que le *make-up* existe.

— Je sais ! On va se faire une après-midi cocooning ! Masque, épilation, détente, glace et Tayc.

— Parfait. Taykee c'est Taykeee !

— Il t'a confirmé pour demain, c'est bon ?

— Ouais c'est bon. Je serai chez lui vers 19 heures.

— Nickel. Sofia partage toute sa vie sur Facebook. Je sais donc qu'elle sera à la salle à cette heure-là. Elle en a pour environ 1 h 30. C'est séance fessiers apparemment.

— Sérieusement ?

— Elle balance tout je te dis. Sur un compte public. Qu'elle ne vienne pas se plaindre si on arrive à organiser un faux plan à la minute près pour piéger son mec.

— Mon mec.

— SON mec. Elle était avec lui avant toi.

Cassie lui balance un doigt d'honneur en sirotant son café.

— Donc, elle sera chez elle vers les 21 heures, posée et douchée. On lance les festivités à ce moment-là. Balcon, photo.

— Ok. 21 heures, balcon, photo. Moi dos à l'objectif.

— Yep. Bon, va lui envoyer un *nude*.

— T'es sérieuse ?

— Bien sûr ! Faut qu'il croie que tout va bien et qu'il ait très envie de cette soirée ! Plus la montée sera belle, et plus sa descente aux enfers sera douloureuse.

— T'es vraiment diabolique comme meuf.

— J'ai eu une très bonne prof.

— J'voulais t'dire… merci Isis. Merci de ne pas me lâcher. Et surtout de ne pas me laisser m'apitoyer sur mon sort sans réagir.
— Je t'aime Cassie. T'es comme ma sœur et on ne touche pas à la famille. Je serai toujours là. Toujours.

Posée dans sa chambre en début de soirée, Cassie *scrolle* la page de Sofia. Elle balance vraiment toutes ses infos. Elle n'a pas inventé l'eau chaude cette meuf. Voyons voir à qui nous avons affaire.

SOFIA

Le stéréotype de la blonde. Longs cheveux ondulés, yeux noisette, un petit nez légèrement remonté. Elle a des fossettes quand elle sourit. La femme enfant dans toute sa splendeur. Elle est sportive, et ça se voit. Ventre gainé, fesses en l'air. Une vraie pêche. Elle a de petits seins en revanche. On ne peut pas tout avoir. Originaire de Clermont-Ferrand, elle a débarqué à La Réunion il y a deux ans. Une opportunité d'emploi. Elle bosse dans les ressources humaines, et on lui a proposé un poste de DRH à l'hôpital universitaire, en CDI. Moins bien payé que son poste de l'époque en métropole, mais le cadre de vie allait être tellement mieux.

Sofia est stable. Mentalement, émotionnellement. Fille unique d'une famille aisée, elle a eu une enfance dorée. Loin des problèmes financiers, loin des drames familiaux. Ses parents se sont fait leur petite fortune dans l'immobilier. Ils sont divorcés depuis peu, mais ils ont réussi à rester associés. En plus de son poste à l'hôpital, elle touche sa part sur les différentes locations de la SCI familiale. Elle n'est clairement pas à plaindre à ce niveau-là. Il n'y a jamais eu de drame dans la vie de Sofia. Mis à part le décès de son golden retriever, Léo quand elle avait onze ans.

Elle n'a jamais été du genre à collectionner les conquêtes. Elle a toujours envisagé une vraie relation. Et a préféré rester seule qu'être mal accompagnée. Très indépendante, sa vie est rythmée par son taf, le sport et les randonnées. Elle a une passion pour la cuisine. Elle y consacre son temps libre. Si elle n'avait pas été RH, elle aurait été cheffe étoilée ! Son rêve inavoué. Quand elle a débarqué sur l'île, elle ne connaissait personne. Ses parents avaient bien anticipé les choses et lui avaient trouvé un luxueux loft, roof top sur les hauteurs de Saint-Denis. Vue mer et montagne. Entièrement équipé, suréquipé. Avec une piscine dans la résidence, évidemment. Sa prise de poste n'a pas été de tout repos. Ici, on voit d'un mauvais œil les « *zoreils* » qui viennent prendre le taf des locaux. C'est clairement ce qu'on lui a fait comprendre dès son arrivée dans le service. Mais elle n'est pas du genre à se laisser démonter facilement. Elle a du caractère, malgré une sensibilité exacerbée. C'est un étrange paradoxe. C'est dans ce contexte particulier qu'elle a rencontré Nathan. Lui, il a été hyper accueillant. Un phare dans la nuit. Rapidement, ils sont devenus amis. Elle ne souhaitait pas s'engager tout de suite dans une relation, et lui ne montrait pas particulièrement de signe d'intérêt, autre que de l'amitié. Naïve petite blonde. Les mois sont passés. Et puis un soir, un verre de trop. Une période d'abstinence trop longue. Le mal du pays peut-être. Nathan qui pose une main sur son genou. Elle a senti son vagin sursauter. La suite on la connaît. Ils ont mis quelques mois avant d'officialiser leur relation. Mais elle baigne dans le bonheur. Elle a tout ce dont elle a toujours rêvé. Ils envisagent d'emménager ensemble. Et Nathan lui a même déjà fait part de son envie de bébé… Quelle chance elle a d'être tombé sur un mec aussi extra. Ils sont sur la même longueur d'onde. Sportifs tous les deux, amoureux de la nature et de la cuisine. Nat se débrouille pas mal à ce niveau-là. Ils partagent des moments de qualité aux fourneaux… et dans la chambre. Elle qui n'a pas trop d'expérience, se découvre au contact de ce corps athlétique. Elle se laisse dévergonder avec plaisir. Elle a vingt-quatre ans, un super taf, un mec en or et vit sur une île magnifique. Que demander de plus ? Si ce n'est qu'un mini Nat pour sceller tout ça.

LET THE SHOW BEGIN !

Vendredi. Isis a été comme une pile toute la journée. Cassie s'est auto coachée pour rentrer dans son personnage. Elle doit jouer à la meuf love, et se lover contre lui toute la soirée. Tout en ayant envie de lui mordre l'oreille jusqu'au sang, et de l'entendre hurler de souffrance. Une véritable Love Quinn pour le coup.

— T'es prête ? demanda Isis en débarquant dans la salle de bain. Wahou meuf t'es canon !

Cassie portait une robe d'été à fond noir, avec de petits imprimés fleuris jaunes. Le plus de cette robe c'est son côté échancré. Un décolleté en V, que l'on retrouve dans le dos. Pas de soutif là-dessous évidemment. Ses seins tiennent sans le moindre effort. Au niveau de sa taille, la robe est savamment découpée en forme de triangle pour accentuer la courbure de ses formes harmonieuses. Resserrée au niveau de la chute de reins, elle se termine par une coupe évasée, tout en légèreté, à l'image d'un tutu long de ballerine. Très sensuel, très Cassie. Elle porte des compensés marron caramel, avec des semelles en osier, pour rester dans le thème nature des motifs à fleurs. Un léger trait de liner noir met en avant ses grands yeux marron. Elle a pris soin de mettre du mascara waterproof. Pas de rouge à lèvres, sa bouche est déjà si bien dessinée que ce n'est même pas nécessaire pour qu'on ait envie de lui croquer les lèvres. Ses longs cheveux retombent en cascade sur ses épaules, et ses créoles en or apportent de la lumière à son visage. La perfection pour détruire un homme.

Elle regarde Isis, en lui lançant de son sourire d'Aphrodite :
— Que le spectacle commence.

19 h 45, elle frappe à la porte de Nathan.

— Wahou chérie ! T'es magnifique.

Elle entre et se serre contre lui. Sa tête posée sur son torse, elle entend les battements de son cœur. Elle aimerait tellement y planter un pieu.

— Merci mon doudou. Tu m'as tellement manqué tu sais ?
— Toi aussi ma puce.

Ils relâchent leur étreinte. Elle a envie de vomir.

— J'ai commandé des sushis comme tu m'as dit. Mais ils ont plein de monde, c'est vendredi. Ils ne vont pas nous livrer avant 21 h 45 ils m'ont dit. Ok j'avoue j'ai passé la commande sur le fil genre vers 19 heures.
— Oh mais ne t'inquiète pas, on est pas pressés. On a toute la nuit pour apprécier.

Il va se les foutre au cul ses sushis. Elle aura déjà débarrassé le plancher d'ici là.

— Tu nous mets des bougies chou ?
— Madame est d'humeur romantique ? Ça ne te ressemble pas dis donc, dit-il en souriant.

Elle se mordille la lèvre inférieure, et joue à l'ingénue. Elle baisse légèrement la tête, tripote nerveusement ses doigts.

— C’est vrai. Mais… je me disais que ça fait déjà plusieurs semaines qu’on se voit et… tu vois ?
— T’es trop mignonne ! T’as l’air toute chamallow. Non je vois pas, dis-moi ?

Chamallow ? Qu’il est niais. Pourquoi elle n’avait jamais vu qu’il était aussi niais ? Ah bah oui parce qu’elle était aveuglée par sa bite.

— Bah… je préfère que tu me dises direct si je fais fausse route, mais j’ai l’impression que notre relation a évolué nan ? Ça me coûte de te dire ça, mais moi je crois que bah… ah tu vois quoi.
— T’es piquée ?

Respire Cassie. Ne dérape pas.

— Hum, clairement…
Elle pose sur lui son regard de petite fille perdue.
— Ooooh ma belle ! Viens là !

Encore un câlin. Beurk. Elle s’extirpe tant bien que mal. Il la regarde, et elle voit dans ces yeux une vraie lueur.
— Je suis piqué aussi. Voilà c’est dit. Plus on passe de temps ensemble, et plus je m’attache à toi. Ouais, j’ai pas peur de te le dire, j’ai des sentiments pour toi Cassie. Et je pense que notre relation peut durer dans le temps. Profite pas de ce que je viens de te dire là pour faire de moi un canard s’il te plaît, ajouta-t-il ironiquement.

Et s’il était sincère ? Si c’était la première fois qu’il était infidèle parce qu’il est vraiment tombé *love* de Cassie ? Elle se sent perdue sur le coup. Et si Isis et elle avaient porté un jugement trop hâtif sur ce triangle amoureux ? Mais, l’image du selfie avec Sofia lui a traversé l’esprit. Son cœur a fermé sa gueule.

— Nan, je ne vais pas profiter de toi, bananc ! Je suis contente qu'on soit sur la même longueur d'onde. J'ai tellement de chance de t'avoir dans ma vie Nat.

Son corps se crispe. Merde, elle aurait pas dû lui ressortir exactement les mêmes mots que l'autre. Mais il n'a pas l'air d'avoir tilté. Vraiment débile ma parole. Il lui prend la main et y dépose un baiser.

— C'est moi qui ai de la chance.

Elle lui sourit tendrement. Profite bien de ta chance, abruti. Ça va pas durer.

— Tu vas nous chercher des bougies ? Prends tout le stock, j'ai envie que ce soit féerique.
— Bien reçu madame. Je vais voir ça.

Il se dirige vers sa chambre. Elle attend qu'il soit à bonne distance et se précipite pour déverrouiller la porte d'entrée. Putain, ça va faire du bruit. Ce gros loquet de meeeeerde ! Elle regarde autour d'elle. La porte donne directement sur le bar. Elle a une idée. Elle va briser un verre pour couvrir le bruit. Mais putain va falloir être synchro de ouf. Elle inspire. Va chercher un verre dans le placard, et une bouteille d'eau fraîche au frigo.

— Je vais me servir un verre d'eau, t'en veux Nat ?
— Nan ça ira merci. J'ai presque fini de dévaliser le stock de bougies.
— Parfait !

Putain, faut qu'elle se grouille le cul. Elle ouvre la bouteille. Elle pose le verre à côté, genre elle était sur le point de se servir. Elle positionne le tout sur le bar, le plus à droite possible, pour être suffisamment proche de la porte et du verre. Ok meuf t'as qu'un seul essai. Une main sur la serrure, l'autre prête à faire glisser le verre. Elle le regarde et lui lâche un « désolée pour ça ». Elle le pousse et tourne la clé simultanément. Fiiiiou, heureusement qu'il est maniaque et que sa serrure est bien huilée, sinon ça aurait été un échec.

— Oh mince ! se lamente-t-elle.

Nathan accourt.

— Bah qu'est ce qui s'est passé, ça va ?
— Oui t'inquiète. Je suis maladroite comme d'hab. Le verre m'a échappé des mains. Je suis désolée.
— Mais nan, c'est rien, c'est qu'un verre. Fais attention à ne pas te blesser par contre. Bouge pas je vais chercher le balai.

Elle se baisse pour ramasser les dégâts, et se coupe le pouce. *Fuck* ! Elle saigne. Elle porte son pouce à sa bouche, instinctivement. Elle grimace.

— Tu t'es coupé chérie ? Je t'avais dit de me laisser faire. Fais voir.

Elle lui tend son pouce endolori.

— Ah merde, y'a un petit fragment coincé dedans. Attends je vais prendre ma trousse de soin, assieds-toi.

Infirmier prévoyant. Elle se sent envahie par une étrange sensation. Il est attentionné, prend soin d'elle et elle aime ça. Si elle se trompait ?
Son téléphone vibre sur la table basse en métal. Elle déteste cette table. Elle trouve qu'elle détonne complètement avec le reste de la déco. Et puis le métal c'est froid, c'est dur. Bref. Elle voit le texto

d'Isis : *Je suis en bas.* Elle verrouille son portable. Nathan revient avec sa fameuse trousse. Il lui enlève l'éclat de verre, non sans peine.

— Ah c'était pas si petit finalement. C'était bien au fond en plus. Tiens fais pression avec le coton, s'il te plaît.

Elle obéit sans broncher.

— Ok voilà. C'est réglé.

Il lui a mis un peu d'antiseptique et lui a collé un pansement. Il y dépose un baiser.

— Ça devrait aller, tu vas t'en sortir, dit-il d'un ton moqueur.
— Ça pique, se plaint-elle en dramatisant.
Il rit de sa bêtise. Son rire lui est tellement communicatif.

Elle baisse les yeux et voit une petite tache de sang sur son jean.
— Mince, je t'ai saigné dessus !
— Hein ? Quoi ça ? Oh c'est que dal. Ça partira à la machine. Allez, bougies ?
— Bougies. Je te laisse faire, pas envie d'atterrir aux urgences ce soir !

Elle fait de l'humour, elle est vraiment dans son perso. *Good.* Elle met de la musique, un fond sonore éclectique. Du Damso, du Burna Boy, du Pix'L… Elle choisit de faire le DJ depuis son portable pour ne pas rater un message d'Isis.

Nathan et elle sont posés sur le divan, il est allongé, la tête sur ses cuisses, à fumer son *bédo*. Dans cette position, il ne voit pas l'écran du portable de Cassie. Parfait. Elle l'observe. Il a les traits fins mais très marqué de masculinité. Il a les yeux fermés et secoue légèrement la tête au rythme de la musique. Elle lui caresse le visage. Il entrouvre un œil. Il lui sourit. Elle se laisse porter par l'instant et passe la main dans sa grosse barbe épaisse, sur son cou, sur son dégradé parfait. Qu'il est beau. Pourquoi a-t-il fallu qu'il soit si canon ? Comment elle va faire pour en trouver un au moins aussi bien ? Pfff la flemme de chercher. En réalité, elle sait d'avance qu'elle ne trouvera pas. Pour elle, il est simplement parfait. Rien à jeter physiquement… Ouais mais pour le reste. Infidèle et menteur. Rien que ça, ça devrait suffire à briser la magie de son joli petit cul. Mais il est trop beau. Elle soupire. Si seulement il n'avait pas été aussi con. Elle perd la notion du temps. Elle change de son, et voit le texto d'Isis.

La meuf est chez elle, elle vient de publier une photo de son plat avec Netflix en arrière-plan. Feu sur le balcon.

Elle hésite. Elle le regarde intensément, comme pour percer à jour son âme. Est-ce qu'il mérite ce qui va lui tomber dessus ? Il lui a dit qu'il a des sentiments. Elle, elle en a, c'est officiel. Elle secoue, la tête : Sofia en a aussi. Ok feu.

— *Babe*, on va faire un tour sur le balcon, j'ai un peu chaud…
— Ouais bien sûr.

Il se lève, elle le regarde se diriger vers la baie vitrée. Il se retourne :
— Tu viens chérie ?
— J'arrive.

Elle se force à se lever et à rester naturelle. Il lui prend la main, et s'approche de la balustrade. Il lui facilite les choses. Elle repère la voiture d'Isis. Angle parfait. Elle tourne le dos à la route, enlace Nathan de ses bras autour de son joli cou. C'est le point de non-retour se dit-elle. Elle l'embrasse, passionnément. Elle met tout son cœur dans ce baiser. Elle sait que ce sera le dernier. Elle le savoure. Il est tendre, doux. Il lui mord la lèvre inférieure. La fixe, pose son front contre le sien et lui rend son baiser. Avec autant de force, autant de sentiments. Elle a le cœur gros. C'est la fin. Ils restent là enlacés. Ça lui a paru être quelques minutes, mais il faut croire qu'elle a perdu à nouveau la notion du temps. Le bruit de la porte qui s'ouvre. Nathan sort de leur bulle et se retourne. Il fait face à Sofia, le visage rougit de larmes. Cassie tachycarde, *again*. Il la lâche spontanément. Quel con ! Elle a donc pris la bonne décision. Elle brise le silence :

— Tu me présentes pas Nat ?

Il la regarde, interloqué.

— Bah alors t'as perdu ta langue ? Toi qui sais si bien l'utiliser quand t'as la tête entre mes cuisses.

Il comprend. Son visage se déforme et prend les traits de la haine :

— Putain Cassie ! T'es vraiment qu'une connasse !

Eh bien eh bien ! Voilà donc son vrai visage. Il se tourne vers Sofia, qui est comme paralysée. Isis déboule, téléphone en mode vidéo. Nathan la reconnaît mais ne prend même pas la peine de lui demander ce qu'elle fout là. Il voit très bien où elles veulent en venir ces connes. Il se concentre sur Sofia.

— Mon amour, c'est pas ce que tu crois.

— Ah ? Elle, elle a droit à un *mon amour*, lança Cassie d'un ton piquant.

— Ferme-la Cassie putain ! lui cria-t-il.

Quelle virulence ! Il s'approche de Sofia, ils sont séparés par la table basse.

— Amour, viens, on sort, on va parler de tout ça. C'est un coup monté tu le vois bien. Regarde l'autre qui filme. J'ai rien fais de mal, je te le jure. Je la connais à peine cette meuf.

Elle sort enfin de son mutisme :
— T'es qu'un gros con. Tu me prends pour une débile ?

Elle se tourne vers Isis :
— C'était toi la photo ? Et les captures d'écran ?

Isis, lui sourit :
— De rien, lui répond-elle.

Les captures d'écran ? Cassie fait le lien dans sa tête. Isis a fait des captures écrans de ses conversations avec Nat pour étayer la nature de leur relation. *Bien ouéj baby bitch.*
Elle lui lance un clin d'œil.

— Ça dure depuis combien de temps ? lança-t-elle à l'homme de la soirée.
— Deux mois, bientôt trois, répondit Cassie.
— Putain de merde, tu peux pas la boucler grosse conne ! s'égosilla Nathan.
— Pourquoi tu cries ? C'est le fruit de tes conneries tout ça Nat. Tu croyais vraiment que t'allais te foutre de ma gueule et t'en sortir indemne ? On ne me traite pas comme ça. Et elle non plus elle ne mérite pas que tu la traites comme ça.

Sofia pose son regard sur Cassie pour la première fois. Elle se sent étrangement comprise à cet instant précis. Solidarité féminine.
Nat tente de s'approcher d'elle. Il lève les mains en l'air, au niveau de son torse, comme pour montrer qu'il n'est pas armé, signe de non-danger. Il croit vraiment qu'il va l'avoir avec une communication

non verbale aussi calculée ? *Stupid boy*. Elle le fixe avec une telle haine. Sa bouche tremble, son corps tremble. Il est près d'elle. Il la dégoûte. Il chuchote un tendre :

— Chérie, c'est moi. Tu me connais. Tu sais bien que je n'aurai jamais rien fait qui aurait pu te blesser.

Il lui prend les poignets, et lui sort un mielleux :

— Je t'aime plus que tout, t'es tout pour moi Sofia.

Elle explose. Littéralement ; et se met à crier. Isis et Cassie sursautent. Elle est complètement perchée cette nana ! Elles ne peuvent s'empêcher de pouffer de rire. Nathan reste immobile. Elle arrête de gueuler et essaie d'enlever ses poignets des grandes mains de Nat.

— Lâche-moi sale bâtard ! Lâche-moi ! Tu me dégoûtes !

Nathan resserre la pression de ses mains. Elle se débat.

— Putain mais lââââche-moi ! hurle-t-elle.

De tout son poids, et certainement de toute sa rage, elle le pousse. Le gros baraqué, du haut de son mètre quatre-vingt-dix vacille. Il recule et se prend les pieds dans quelque chose. Il s'étale lamentablement en arrière. Un bruit inconnu et sourd, puis le silence. Putain de table basse en métal. Nathan s'est fracassé le crâne sur l'angle de cette putain de table basse en métal. Sofia est sous le choc, elle se précipite vers lui et est stoppée dans son élan par Cassie.

— Ne le touche pas !

— Quoi ? Mais…

— Pousse-toi de là.

Elle la repousse et Sofia retombe assise, appuyée contre le divan, les jambes repliées et retenues par ses bras tremblants, regardant la scène comme si elle avait été dans un vilain cauchemar. Cassie retient ses cheveux en queue-de-cheval, et s'approche du visage de Nat. Elle colle son oreille au plus près de son nez.

— Il ne respire plus.

À nouveau, le silence. On entend simplement le son du téléphone d'Isis qui sonne la fin de la prise de vue.

— Oh mon Dieu je l'ai tué ? demande Sofia tout doucement.
— Euh… a priori oui, lui répond Cassie.

Elle commence à s'emballer et répéter à tue-tête et de plus en plus fort :
— Oh mon Dieu je l'ai tué ! Oh mon Dieu je l'ai tué ! Oh mon Dieu je l'ai tué !

Cassie se précipite vers elle et lui plaque sa main sur la bouche. C'est humide, et plein de morve, beurk.

— Ok ok on se calme. On respire meuf. Allez fais-le avec moi. Inspire, expire. Sans me moucher dessus de préférence. Inspire… Voilà. Tout va bien se passer, ok ? Je vais enlever ma main et tu ne vas pas te mettre à gueuler d'accord ?

Sofia secoua nerveusement la tête en signe d'obtempération.

— Cassie ? questionna Isis.

Elle l'ignore. Il faut qu'elle gère cette blonde cinglée. Elle ôte lentement sa main.

— Ok c'est super Sofia. Tout va bien se passer, ok ?
— Faut prévenir une ambulance, la police.
— On appelle pas une ambulance quand la personne est déjà morte. Et la police c'est pas du tout une bonne idée.
— Cassie ? questionna de nouveau Isis. Toujours sans réponse.
— Mais évidemment qu'il faut appeler la police, s'inquiéta Sofia. C'était un accident.
— Un accident. Un malencontreux accident, t'as raison. Mais on en est là parce que ma pote et moi avons tendu un piège à Nat. Ça pourrait clairement passer pour de la préméditation dans l'esprit mal tourné d'un flic misogyne.
— Mais nan. Elle a tout filmé. On le voit bien que je n'ai pas fait exprès, que… que… je ne voulais pas…
Elle se mit à sangloter.

Le son d'un fichier qu'on supprime.

— Effacée, renseigna stoïquement Isis.

Cassie lâcha un soupir de soulagement. Heureusement qu'Isis avait encore les pieds sur terre. Une folle de moins à gérer.

— Sofia, Isis a effacé la vidéo, tu entends ?
— Mais ?
Elle pleurait tellement qu'elle ne pouvait plus parler.
— Mais… c'était un accident.

Cassie était en train de perdre patience. Elle la prend par les épaules, la soulève et la tire vers le corps de Nat.

— Regarde ses avant-bras. Tu t'es débattu, et tu l'as griffé. Son ADN est sous tes ongles. Ça peut très bien passer pour des traces de lutte. Trois meufs, deux cocues. Et l'infidèle gisant la cervelle en bouillie au milieu du salon. Ils vont nous faire passer pour des hystériques de base ! Les journaux vont nous démonter. Un crime passionnel, un triangle amoureux qui dérape. Putain tu veux vraiment prendre ce risque ? !

À son tour, elle posa les yeux sur le cadavre frais de l'homme qu'elle était en train d'embrasser quelques minutes auparavant. Du sang. Une mare de sang s'est formée autour de sa tête. Il s'écoule lentement de l'angle de la table. Ce bruit sourd précédant le silence était celui d'os qui se brisent, d'un cerveau qui s'écrabouille contre du métal. Un bruit qu'elles n'oublieront jamais.

— Cassie ? questionna à nouveau Isis.
— Quoi putain Isis ?
— J'ai faim.

Sofia et Cassie se tournèrent vers Isis, l'air complètement ahurie. Elle se dirigeait vers le frigo.

— Meuf t'es sérieuse là ?
— J'ai envie de sucre, répondit-elle, sans pression aucune. Oh un pot de confiture de papaye. J'adore ! Il reste plus grand-chose mais ça fera l'affaire. Où sont les petites cuillères ?

Elles répondirent en chœur :
— Tiroir du milieu.
— C'est vraiment chelou ce que vous venez de faire, remarqua Isis en riant.
— Tu ne trouves pas que le fait de manger de la confiture de papaye avec un cadavre au milieu du salon c'est encore plus chelou ? demanda Cassie.
— Question de point de vue, répondit Isis en léchant sa cuillère, Dans quoi il s'est pris les pieds au fait ce con ?

— Mes compensées. Mais ça va elles ont rien.

— Nan mais vous êtes sans cœur ou quoi ?! s'indigna Sofia. L'homme que j'aime vient de mourir sous mes yeux, par ma faute et vous êtes là à vous inquiéter pour votre estomac et vos chaussures ?

— L'homme que t'aimes me léchait la *teuch* dès que t'avais le dos tourné ma grande. Redescends de ton nuage rose bonbon. C'était un connard, menteur, manipulateur et infidèle. Ça aurait été quoi la suite ? Il aurait géré les deux bails en même temps pendant encore longtemps ? Il nous aurait mises en cloque toutes les deux et on se serait prêté nos tire-lait ?

— Je compte pas allaiter ni tirer mon lait, lâcha doucement Sofia.

— Moi non plus, mais c'est pas la question merde. C'était pour illustrer mes propos !

Et elle se mit à rire. Nerveusement. Suivie d'Isis. Sofia les observait, complètement dépassée. Elle se mit à se rouler en boule, près du corps de Nat. Le fou rire nerveux terminé, elles regardèrent cette pauvre fille, par terre, en larmes.

— Il lui faut un shoot d'eau de mélisse et de romarin, se moqua Isis.

— Faudrait plus que ça j'crois. T'acharne pas sur elle, on est toutes dans le même bateau. Et a priori, elle l'aimait vraiment.

— J'avoue. Regarde sa tête de dépressive là.

On frappe à la porte. Isis et Cassie sursautent. On frappe à nouveau. Une voix se fait entendre. C'est le livreur pour les sushis. Shit. Isis se dirige naturellement vers la porte.

— Attends, chuchote Cassie. Je vais y aller. Je suis plus grande que toi. Il y a moins de chance qu'il voit quoi que ce soit.

— Ouais t'as raison. Et en plus t'as un putain de décolleté.

Cassie prend une grande inspiration et s'exclame « J'arrive ! ». Elle entrouvre la porte, juste assez pour glisser sa poitrine dans l'interstice. Le livreur à l'air d'avoir tout juste dix-huit piges. Boutonneux et maigrichon. Et pas du tout discret. Ses yeux plongent directement dans le décolleté. Il bégaye un :

— Hum, c'est euh… la sushis, pour livraison.

— La sushis ? s'amuse Cassie.

— C'est euh déjà réglé madame, tenez.

— Merci. T'es trop chou. Bonne soirée.

Elle le gratifie de son sourire en coin et referme gentiment la porte. Elle pose le plateau près d'Isis.

— Tiens, régale-toi mais…

— Oui je sais, je te laisse les makis.

Sofia peinait à parler, mais réussi à sortir une phrase cohérente :

— Qu'est-ce qu'on va faire ? Je veux pas aller en prison.

— Personne n'ira en prison, la rassura Cassie. J'ai une idée, mais je vais avoir besoin de toi. J'ai une question à te poser.

— Vas-y.

— Tu sais jouer la comédie ?

PARTIE 2

Tout est une question d'organisation

— Se débarrasser du corps ? Nan mais t'es cinglée ! Comment ? !

Sofia s'était ressaisie. Le shot de rhum administré par Isis a dû y être pour quelque chose.

— Ah j'ai une idée ! Dans *Breaking Bad* ils font fondre les corps dans de l'acide, on peut faire ça nous ?
— Nan Isis, on peut pas faire ça.
— Mais euuuh pourquoi ? geignait-elle.
— Parce que ça implique de se procurer des litres de produit. Produit que les gens n'ont pas forcément l'habitude d'acheter. Encore moins en aussi grande quantité. Ça va paraître chelou. Et puis en plus, on est pas Walter. On ne sait pas exactement quel produit prendre, ni la matière exacte dont le contenant doit être composé pour ne pas fondre avec le corps. J'ai vraiment pas envie de me faire le remake de l'épisode de la baignoire dissoute à l'acide. Et puis, dernier point à ne pas négliger : on ferait quoi du contenant une fois son corps détruit à l'intérieur ?
— On s'en sert comme table de bar pour notre terrasse ? Il sera toujours à portée de vue, proposa Isis.
— Nan, trop risqué.
— Pff tu casses mon délire meuf. Je m'voyais déjà dans la savane de St Paul, avec un look lunettes noires et chapeau. *Chui deg*, j'aurai été canon en *gangsta*. Et si on abandonnait le corps quelque part ?

Y'a plein de remparts ici ? Les gens disparaissent et ne sont jamais retrouvés.

Cassie réfléchit.

— Hum non plus. Faut trouver le bon endroit. Et comment on trimballe son corps de 90 kg sur un sentier de rando toutes les trois ? On a pas assez de force. Sans parler du fait que ce ne sera pas du tout discret comme concept.
— Whaou, tu penses vraiment à tout. C'est ton premier meurtre ou… ? interrogea Isis en rigolant.
— T'es con toi ! lui rétorqua gentiment Cassie.
— Ok et la déchetterie ? Le truc qui pue tout le temps là-bas, à Ste-Suzanne ?
— La décharge, tu veux dire ? Même problématique que les remparts. Et le site est certainement surveillé.
— Dommage que je n'ai pas *ken* avec un flic ou un mec du genre qui aurait pu nous aider, se lamenta-t-elle.
— Personne ne va nous aider, parce que personne ne doit savoir. S'il y a trop de monde au courant, on prend le risque de se faire prendre si l'un d'entre eux finit par céder à la pression. Cette histoire ne doit jamais sortir de cet appartement. Pfff j'ai besoin d'une pause. J'vais fumer.

Cassie enjambe sans pression le corps de Nat. Son cerveau a traité cette information comme étant un simple problème à résoudre. Un imprévu relou à gérer. Elle fait ça au quotidien dans son taf de manager. Y'a toujours une livraison inattendue, ou une intérimaire qui fait faux bond à la dernière minute. Elle a l'habitude de travailler sous la pression. Comment elle va gérer ce gros bâtard ? Elle allume son joint et aspire une grande bouffée. Elle sent son corps se détendre. Elle lève les yeux au ciel, il n'y a pas de nuages. Les étoiles sont magnifiques. Et l'homme qu'elle aimait est mort. Shit. Elle l'aimait.

Elle l'aimait ? Naaan, elle avait des sentiments. Elle était piquée oui… Mais elle ne l'aimait pas. Pas comme Sofia. Elle n'a pas eu aussi mal. De toute façon, elle n'a aimé qu'une fois dans sa vie. Le bordel d'une poubelle qui tombe la fait sursauter. En bas de la rue, un SDF bourré est en train de livrer un combat imaginaire. Les chiens du quartier se mettent à aboyer. Mais personne ne sort pour voir ce qui se passe. Personne n'en a rien à foutre d'un SDF. Putain mais oui ! C'est ça ! Elles ne vont pas aimer l'idée…

— J'ai trouvé, dit-elle triomphalement en rentrant dans le salon, enjambant à nouveau Nat. Bon par contre ça risque de ne pas vous plaire.

— Je m'attends à tout, marmonna Sofia.

— On va se sortir de là ET faire une bonne action.

Elle sourit. Les filles attendent la suite, perplexes.

— On va nourrir les SDF !

Des secondes de latence…

— What ?! Genre, en leur donnant… Isis lève le menton vers le cadavre. Ça ?

— Quoi ?! Hors de question ! s'insurgea Sofia.

— Oh oh oh *calm down*. Écoutez-moi. C'est notre meilleure option. On le découpe, on le fait cuire et on le distribue au hasard, aux SDF des quatre coins de l'île. En mode barquette, riz, grains, cari.

— Pause. On ne peut pas tout faire cuire meuf. Les ongles, la tête, les gros os ? On fait quoi de ça ? Si les flics tombent sur une seule de ses dents, on est dans la merde, lui fit remarquer Isis.

— Oui c'est pas faux. Les dents et tout ça on va les donner aux mégas cochons de la ferme coco à St-Leu. Ça bouffe tout ces bestioles nan ?

— On en revient à ce problème de logistique. Comment nourrir des cochons avec des morceaux d'être humains sans se faire repérer ?

— Ouais j'avoue. On lui arrache les dents et on les sème en bord de mer, façon *Petit Poucet* ?

— Ouais, c'est jouable. La probabilité que quelqu'un tombe sur une dent, dans le sable ou en bas d'une falaise est faible j'pense. Ok pour ça. Mais comment on brise ses os ? Ça fond pas dans le cari ! Ça ne rentre même pas dans la marmite ! s'exclama Isis en riant aux éclats.

Cassie pouffa de rire.

— Ah mais clairement pas ! Je ne suis même pas sûre qu'on ait suffisamment de force pour les briser en plus ! Bah *chépa* en vrai. On sait déjà comment se débarrasser du plus gros. Mais c'est vrai que pour la tête, les os, les ongles et les poils meuf j'en sais rien… Putain c'est la merde, s'inquiéta Cassie.

Elle s'assit au bar et se servit un verre de rhum.

— L'hôpital, dit doucement Sofia.

Isis et Cassie s'échangèrent un regard interrogateur.

— Ça va pas meuf, tu veux aller voir un médecin à l'hôpital ? la questionna Isis.

— Les travaux, répondit Sofia.

— Euh qu'est-ce qu'elle nous fait là Isis ?

— *Chépa* moi. Elle est cassée ? T'as cassé notre nouveau jouet ?

— Ta gueule ! Arrête ! lui répondit-elle en riant. Sofia ? Fais-nous une phrase complète s'il te plaît.

— Il y a des travaux à l'hôpital.

— Euuuuh… je crois bien qu'elle est cassée hein ! constata Isis.

— Nan meuf ! C'est génial !

— Hein ? De quoi ? Pourquoi ? J'ai raté un truc ?

— Sofia, ces travaux à l'hosto, c'est quoi exactement ? demanda Cassie.

Sofia se leva, et se dirigea vers le bar. Elle se servit un nouveau shot, englouti un sushi au saumon avant de s'expliquer :

— Le parking du personnel. Le béton a été mal fait et il se craquelle de partout. Nids-de-poule et tout. Ils ont engagé des mecs pour refaire le bitume. Ils ont déjà fait l'espèce de rainurage. Ils ont creusé assez profond je trouve, trop même. Ils n'ont pas l'air d'être des génies ceci dit. Ils vont certainement commencer à couler le béton. On a qu'à y déposer ce dont on ne peut pas se débarrasser, en faisant en sorte qu'ils y coulent le béton par-dessus. C'est presque définitif comme solution. L'hôpital ne va pas refaire le parking tous les ans. Et puis, je passerai près de lui presque tous les jours. Et elle se mit à nouveau à pleurer.

— Nan, lui dit Isis avec une main sur son épaule. En réalité, tu vas lui passer DESSUS tous les jours. Ça va peut-être te rappeler de bons souvenirs.

Elles se regardèrent toutes les trois et explosèrent de rire. Pas une pour rattraper l'autre dans ce qui est maintenant devenu un trio infernal.

— Bon, je crois qu'on a un plan qui tient la route les meufs. Ils vont couler le béton quand ?

— Le parking est assez grand. Et ils n'en branlent pas une, ils sont payés à l'heure. Ils ne bossent pas le week-end par contre. Donc si on doit y déposer quelque chose, ce ne sera pas avant mardi. Lundi ils vont finir le rainurage.

— Ok, ça nous laisse le temps de le découper. Et de faire nos achats, dit Cassie

— Nos achats ? On se fait une virée shopping ? demanda Isis, enthousiaste.

— En quelque sorte. Un corps ça ne doit pas se découper facilement. Et puis, il y a en moyenne 5 litres de sang je crois. On ne peut pas le déplacer, donc on va devoir faire ça ici. Faut qu'on prépare la pièce, et qu'on achète de quoi… de quoi faire en gros !

— Faut qu'on s'organise, imposa Sofia.

— C'est clair, acquiesça Cassie. Tu fais quoi sur ton portable Isis ? Me dis pas que t'es sur Insta ?

— Pff nan ! Je suis en train de faire une recherche pour savoir comment saigner un porc. On va devoir le vider de son sang avant toute chose non ? Il est minuit passé, on ne peut pas aller faire nos courses maintenant, alors on va se renseigner sur notre sujet, faire des listes et passer à l'action.

— Tu pourrais te montrer aussi efficace dans la boutique ?

Sans quitter des yeux son portable, Isis lui offrit un superbe doigt d'honneur.

— Vous bossez ensemble ? demanda Sofia.

— Ouais. Je suis sa manager, dans une boutique de fringues du centre commercial de Ste-Clo. Et on vit ensemble aussi, on est coloc.

— Undiz ?

— Ouais c'est ça. Comment tu sais ?

— *Chépa*, vous avez le profil pour, je trouve.

— Hum, pas faux. Faut être un peu tarées pour bosser là-bas.

— J'ai jamais eu d'amies comme ça, comme vous deux.

Elle paraissait encore plus triste que tout à l'heure. Et même dans cet état, elle était belle. Elle est relou !

— Les circonstances sont étranges je te l'accorde, mais je suis ravie de te rencontrer Sofia.

Cassie lui tend une main, qu'elle serre sans hésitation.

— Ravie également Cassie.

SHOPPING PARTY MIX

— C’est ouf tout ce qu’on peut trouver sur Google, dit Isis, la bouche pleine d’un *californian roll.*

Elle avale sa dernière bouchée avant de poursuivre.

— Pour que la viande du porc soit plus facile à découper, il faut le laisser suspendu toute une nuit. Oooh et sur WikiHow on nous donne carrément la liste du matériel nécessaire, c’est génial !

Elle poursuit sa lecture. Elle éclate de rire.

— À la fin, ils recommandent de choisir le bon cochon. On a choisi un bon gros porc, ça devrait le faire !

Isis et son enthousiasme légendaire. On aurait dit une petite fille qui découvrait comment fabriquer son propre maquillage de princesse. Cassie l’écoutait attentivement, et réfléchissait. Elle se tourna vers le corps de Nat. Toujours dans la même position, le crâne collé à l’angle de la table basse. La mare de sang n’avait pas bougé, ça a coagulé. Il est comme figé. Merde.

— Isis, tape rigidité cadavérique ? ordonna Cassie.

Isis tapote rapidement. Ses yeux parcourent un texte. Elle fait une drôle de tête.

— Accouche merde !

Elle lit :

— La rigidité cadavérique concerne tous les muscles. Elle débute entre deux et quatre heures après le décès, presque toujours au niveau de l’extrémité cervico-céphalique, nuque et muscles masticateurs.

Elle atteint son intensité maximale entre huit et douze heures et se maintient ensuite entre douze et trente-six heures. Ça fait combien de temps qu'il a clamsé ?
— Il est quelle heure ? demanda Cassie.
— Une heure moins dix.
— Il est tombé vers 21 h 30. Le livreur est passé vers 21 h 45. Donc il nous reste environ quarante minutes avant de ne plus pouvoir le manipuler facilement.

Elles échangèrent un regard inquiet. Elles n'avaient plus le choix, il fallait passer à l'action ; mettre en pratique la théorie. Les choses allaient commencer à devenir réelles, et elles commençaient à clairement flipper.

— Je vais jamais y arriver, commença à sangloter Sofia.

Cassie lui passe une serviette en papier, sans quitter le corps de Nat du regard.

— On a juste à l'allonger au sol, et le déshabiller, dit-elle calmement.
— Et la mare de sang ? questionna Isis.
— On s'en occupera plus tard. Une chance qu'il ait opté pour un faux parquet et pas pour de la moquette.
— Sofia ? On gère ça si tu veux ? proposa Isis, pleine de compassion.
— Elle a raison. T'es pas prête. Va dans la chambre, on te dira quand tu pourras sortir.

Sofia ne se fit pas prier. Elle ne se sentait pas capable de passer à cette action glauque. Elle savait que le pire était à venir, mais pour le moment, elle était encore trop pleine de sentiments. Trop pleine de larmes. Trop pleine d'amour. Son cœur était encore connecté. Elle se dirigea en mode zombie vers la chambre de Nathan. À peine avait-elle ouvert la porte que son parfum lui envahit les narines. Pi, de Givenchy. Cette douceur. Elle referma derrière elle, et alla s'asseoir sur le bord du *king size*. Elle observa cet espace qu'elle connaissait bien. Ce grand tableau coloré d'un toucan en guise de tête de lit. Ces petites leds d'un blanc chaud disposé sur sa bibliothèque, essentiellement remplie de livres de cuisine. Son placard. Elle se leva et l'ouvrit. Il était vraiment maniaque. Pas un truc de travers. Ses jeans étaient tous pliés dans le même sens. Du côté penderie, les chemises étaient classées selon le style. Longues manches unies, longues manches à motif. Chemisettes unies, chemisettes à motifs. T-shirt. Sweat. Pull. Veste. Elle laissa sa main se balader de long en large. Elle prit un t-shirt au hasard, et huma son odeur. Ses larmes vinrent mouiller le 100 % coton. Comment va être sa vie sans lui ? Comment elle va vivre avec ce qu'elle a fait ? Comment ? Elle range le t-shirt, et ouvre le petit tiroir à chaussettes. Elle sourit. Tout est classé par couleur. Nat doit être la seule personne à savoir garder ses paires de chaussettes assorties. Savait garder. Il savait. Il ne sait plus. Son cœur se serre. Elle ferme les yeux pour contenir ses larmes, et caresse les boules de polyester. Elle s'arrête net. Une matière inconnue lui passe sous les doigts. On dirait de… ? Elle fouille à l'endroit où elle a senti ce corps étranger, cette matière qui n'a rien à faire dans le tiroir à chaussette d'un mec. Elle l'enlève, le fixe. Elle colle son oreille à la porte :

— Cassie ?

Pas de réponse. Elle essaie plus fort

— Caaassiiiie ?

— Quoi ? crie-t-elle depuis le salon.

— Tu fais quelle taille de soutif ?

— Hein ? Euh je suis un peu occupée là Sofia. On peut parler de ça plus tard ?

Elle se répète en articulant plus fort.

— TU FAIS QUELLE TAILLE DE SOUTIF ?

Cassie est perplexe.
— 90D. Pourquoi ?

Sofia sort de la chambre. Elle entre dans le salon. Les filles ont chacune dans leur main un côté du jean de Nat. Elles s'efforcent de tirer dessus pour le lui enlever.

— Moi je fais du 85A, annonce Sofia.

Cassie ne prend même pas la peine de la regarder et lui répond entre deux gémissements de fatigue :

— Ok super. Ravie de l'apprendre.

Elles retombent sur les fesses simultanément. Elles ont réussi à faire passer les talons. Pourquoi les mecs se mettent-ils à porter du slim sans déconner ? Elles lèvent les yeux vers Sofia. Elle tient l'objet dans sa main.

— J'ai trouvé ça. Un 100E dans son tiroir à chaussettes, dit-elle d'un ton monotone.

Isis brise le silence.

— Ça t'étonne ?

Elle reste muette. L'expression de son visage a changé. Elle ne pleure plus. Elle paraît complètement neutre. Son cœur s'est déconnecté quand ses doigts ont frôlé la dentelle. Une vraie *bad bitch* est née.

— Y'a un bout de cervelle collée sur le coin de la table, lâcha-t-elle, très calmement.

— Ah oui merde, j'l'avais pas vu. Pas grave, on nettoiera ça plus tard, répondit Cassie.
— Vous voulez un coup de main ? demanda Sofia.

Une demi-heure plus tard, le cadavre de Nat était étendu nu sur le sol. Les filles étaient assises dans le divan et l'observaient.

— C'est vrai qu'il a une jolie queue, constata Isis.
— T'aurais dû la voir en action ! rit Cassie.
— Pourquoi est-ce qu'il a du Scotch autour du crâne ? interrogea Sofia.
— Fallait faire tenir le maki, répondit Cassie.
— Pardon ?
— On a rien trouvé pour reboucher le trou dans sa tête. Ça a recommencé à pisser le sang dès qu'on l'a décollé de la table et…
Elle fut interrompue par Isis :
— Et j'ai pris la première chose qui me passait sous la main. J'ai paniqué. Mais ça a fait l'affaire. Le riz c'est absorbant non ?
— Pour que ça tienne bah on a tout scotché.

Silence. Sofia les regardait avec effarement, et une pointe d'admiration.

— Je ne mangerai plus jamais de makis, annonça Cassie.
— Et moi je vais devenir végé comme toi, ajouta Isis.

Sofia observa le fruit de leur travail effectué à l'arrache.

— On dirait que vous lui avez mis un bandeau, style guerrier vous voyez ? C'est ridicule, pouffa-t-elle. On va faire quoi de ses fringues ?
— On va les brûler. Y'a mon ADN dessus en plus, une goutte de sang, répondit Cassie.
— Du sang ? Comment ça ? demanda Isis.

— Je me suis coupé le pouce avec du verre en déverrouillant la porte.
— Hein ? grimaça Isis
— Laisse tomber meuf, longue histoire, conclut Cassie.

Elles étaient épuisées. Tant physiquement que psychologiquement. Elles se sont endormies, sans s'en rendre compte. Mais le sommeil était loin d'être réparateur. Entrecoupé de sursauts, de douleurs musculaires. Leurs corps étaient tendus. Leurs esprits torturés. Aux premières lueurs du jour, Cassie fut la première à ouvrir les yeux. Elle réveilla les filles.

— Faut qu'on passe à l'appart, on va se changer, prendre une douche et on attaque.
— J'ai une question d'ordre technique, dit Isis en bâillant et en s'étirant de tout son long, avec quel argent on va payer tous nos trucs ?
— Je m'en charge, annonça Sofia, Je ne peux pas lui offrir de vraies funérailles, je peux au moins investir dans du bon matos pour découper son corps.

Une fois douchées, droguées à la caféine, au Redbull et au paracétamol, elles s'installèrent pour faire le point sur le déroulement de la journée. Il était 07 h 30. Elles avaient une heure avant l'ouverture des magasins.

— On va se séparer pour ne pas éveiller les soupçons. On ne va pas tout acheter au même endroit, dit Cassie.
— Attends je reprends la liste, s'agita Isis. Donc, bâches pour tout couvrir. On prend les plus grandes et on en prend au moins quatre. Un grand seau pour récupérer le sang. Couteaux, de différentes tailles

pour faciliter la découpe. Électriques de préférence les couteaux. Je ne sais pas si ça se vend en plusieurs tailles. Bref. Une corde, pour… vous savez pourquoi.

Elle fut traversée par un frisson de dégoût qui lui parcourut la colonne vertébrale. Elle reprend :

— Des sacs-poubelles hyper résistants. Une grosse massue pour casser un maximum de… de trucs. Comme on ne va pas passer son corps à l'eau bouillante pour enlever ses poils, sur les conseils de WikiHow, il nous faut donc de la cire. Beaucoup de cire. Des sacs de congélation, au moins cinq boîtes. De l'essuie-tout et un paquet de Nana Good Night.

— Sérieusement ? s'enquit Sofia, des serviettes ?

— T'as besoin d'un truc ?

Elle réfléchit.

— Nan. On ne se lance pas dans la cuisson avant lundi. On ira prendre les épices juste avant, répondit-elle. Ah si ! Rajoute une tablette Milka aux noisettes s'il te plaît.

— C'est noté, lança Isis.

— Ok, Sofia et moi on se charge des trucs un peu lourds genre bâches et tout ça. On ira chez Leroy Merlin sur Duparc, on achète la moitié des trucs. Ensuite, Monsieur Bricolage de Ste-Suzanne pour l'autre moitié. Toi Isis, tu vas faire les petites courses.

— D'accord, j'passe à Carrouf vite fait !

— Nan patate ! On y bosse et on est censé être en septaine ! Tu vas te taper une supérette genre Leclerc de la Rivière-des-pluies, ou mieux le Leader de Quartier-Français ! Tu as moins de chance de tomber sur quelqu'un qu'on connaît !

— Oh mais c'est relou, je vais devoir me taper la route. Toute seule en plus. Toi aussi tu risques de tomber sur des gens qu'on connaît chez Leroy je te signale.

— Je prends le risque. C'est moins probable que dans le carrefour où on taffe ! Allez feu les *bitches*, rétorqua Cassie.

— Tiens Isis, Sofia lui tend un billet de 100, Ça devrait suffire.

— Mais qui se balade avec un billet de 100 meuf ?
— Je préfère toujours avoir de la monnaie sur moi.
— On a pas la même définition de monnaie, sourit Isis.
— Avec Cassie on utilisera ma carte.
— Euh nan. On va faire le tour des distributeurs et retirer des petites sommes. Tout en espèces. Ça ne justifie pas les achats et les endroits où tu achètes, expliqua Cassie.
— T'as passé trop de temps devant Netflix meuf, se moqua Isis.
— Ouais, mais t'as vu c'est pas pour rien.

Paumées chez Leroy Merlin, Sofia et Cassie déambulent dans les rayons sans trop savoir par où commencer. Elles se font harponner par un vendeur.

— Bonjour Mesdemoiselles. Je peux vous aider ?

Sofia se mit à devenir rouge comme une tomate. Cassie lui tire discrètement le bras pour la cacher derrière son dos.

— Bonjour. Effectivement. On a besoin de quelques petits trucs. Bâche, seau et sacs-poubelles hyper résistants.

Le vendeur commença sa course folle à travers les étalages qu'il connaissait comme sa poche. Il voulait visiblement faire la conversation :

— C'est vous qui faites les achats ? Ces messieurs n'ont pas souhaité vous accompagner ?

Cassie voyait très bien où il voulait en venir.

— Bah le monsieur n'est pas en capacité de nous aider.

— Ah pourquoi ?
— Parce qu'on l'a buté et que là on a besoin du matos pour découper son corps sans foutre du sang partout, lâcha-t-elle tout en continuant d'avancer.

Le vendeur se figea. Sofia aussi. Cassie se retourna :

— Nan mais je déconne ! et elle éclata de rire. Je vous ai bien eu hein ? Ma coloc et moi on repeint juste notre appart. On est du genre maladroites alors on préfère prendre nos précautions.

Le vendeur se détend et reprend sa marche.

— Ouuh j'avoue, sur le coup j'ai flippé. Mais je suis con aussi, genre si c'était le cas vous me l'auriez pas balancé comme ça. Logique.
— Bah oui, logique, sourit Cassie.
— Voilà, les bâches sont par ici. En face, sur la droite vous allez trouver le seau. N'hésitez pas à revenir vers moi au besoin. Excellente journée à vous.
— Merci, à vous aussi.

Le vendeur s'éloigna. Une fois seules, Sofia sortit de son mutisme :

— Nan mais t'es folle ? Imagine il mémorise nos visages. Il se fait questionner par les flics, il…
Cassie l'interrompit.
— Détends-toi, il a rien capté du tout. Quand on a un vrai trésor sous les yeux, on ne s'en rend pas compte, tellement c'est improbable. J'ai lu ça dans l'Alchimiste. Bah là c'est pareil. Tu lui lâches une vérité si énorme que son cerveau refuse l'info. *Calm down* !
— *Calm down* toi d'abord.
— Wah quelle répartie ! se moqua Cassie.

Elles se retrouvent à l'appart de Nat en fin de matinée. Personne ne parlait. Elles restaient sur le pas de la porte, à fixer ce mec à poils, un morceau de Scotch autour du crâne.

— Bon, au moins il a pas bougé, lâche Isis pour détendre l'atmosphère.

Elle réussit à décrocher un rire franc à Cassie, et un rire étouffé à Sofia. C'est un bon début.

— Aller, au boulot, annonce Cassie.

Elles dégagent le maximum d'espace autour du corps. Dieu merci elles avaient bien calculé leur bail. Les bâches étaient suffisamment grandes. Il y en avait même une de trop. Elles avaient pensé pendant leur shopping à prendre des gants, des lunettes de protection transparentes et des masques pour tenter de camoufler l'odeur. Des tabliers aussi, pour les éclaboussures. Isis avait investi dans quatre diffuseurs de parfums, fraîcheur marine, qui se déclenchaient automatiquement toutes les trois minutes. Elles étaient fin prêtes à passer un autre cap dans ce bordel sur lequel elles semblaient avoir une totale maîtrise.

— Première étape, saigner le cochon ! lança joyeusement Isis en sortant un couteau de vingt centimètres d'un sac de course. Elle le brandit vers le ciel.
— T'as cru que c'était Excalibur ? lui lança Cassie.

Elle ne prit même pas la peine de répondre et se contenta de lui tirer la langue.

— Faut qu'on le suspende par les pieds c'est ça ? Mais comment ? demanda Sofia.

— J'y ai pas réfléchi… marmonna Cassie.

Shit, elles avaient pensé à tout, sauf à ça. Ce détail risque de faire foirer toute l'opération ! Faut le suspendre. Faut un truc solide. La barre de rideau ? Nan elle tiendra jamais. Le luminaire ? Non c'est pire. La robinetterie de la douche ? On aura pas assez de place pour réussir à le faire rentrer là-dedans ! Bon sang !

— Muscu ! s'exclama Isis. Dans un geste théâtral, elle pointa de son couteau la barre de traction accrochée dans le couloir qui menait à la chambre.

— Tu es GÉ-NIALE ! lui dit Cassie en la gratifiant d'un baiser sur le front.

— C'est parfait. Mais avec quoi on va faire tenir la corde. Faut un truc lourd auquel l'accrocher, remarqua Sofia.

Elles parcoururent des yeux l'appartement. Et toutes les trois fixèrent la table basse.

— J'crois qu'on a la réponse à ta question, répondit Cassie.

— Isis, va voir sur Google comment on fait un nœud genre hyper solide ? Nœud marin ou *chépa* quoi.

— J'suis sur le coup !

Elle parcourt quelques minutes le résultat de ses recherches. Elle lance un tuto sur Youtube. Et déclare après quelques secondes de visionnage :

— C'est *eeeeaaasy*. Je m'en charge.

— Les filles attendez, lança Sofia, On devrait peut-être s'occuper de ses poils avant de le saigner non ? C'est plus pratique j'pense. Il est déjà allongé. Et puis on ne risque pas de faire couler du sang si on le fait avant le saignement.

— Bien vu meuf, valida Cassie. *Baby*, range Excalibur, on va jouer aux esthéticiennes.

L'opération leur a pris moins d'une heure. Son corps était aussi doux que celui d'un ado imberbe, en prépuberté. Il ne lui restait que sa bebar.

— On va d'abord la tondre avant de l'épiler, suggéra Cassie.
— Je peux m'en occuper seule ? demanda Sofia.
— Bien sûr.

Isis et Cassie se retirèrent sous le balcon et allumèrent un joint.

— C'est chelou cette envie de lui faire la barbe seule nan ? lâcha Isis.
— Fais tourner *steup*. Cassie inspira profondément la fumée. Nan c'est normal je dirai. C'est sa façon à elle de faire son deuil un peu tu vois ? Chacun gère ça à sa manière j'pense.
— Hum ouais j'avais pas vu ça comme ça. Elle reprend la cigarette de *weed*. On va s'en sortir hein *Queeny* ?
Cassie pouvait lire l'inquiétude dans ses yeux.
— Viens là. Elle lui passa le bras au-dessus des épaules. Isis laissa sa tête reposée sur les siennes, Bien sûr qu'on va s'en sortir. On a pas d'autres options. On est trop jeunes et trop bonnes pour aller croupir en prison. Elle lui fit un baiser sur les cheveux.

Quelques instants plus tard, Sofia ouvrit la baie vitrée.

— Vous pouvez venir, j'ai fini.

Solennellement, elles se dirigent toutes les trois aux pieds de Nat. Elles l'observent en silence.

— C'est moi ou, il a une vraie tête de gland sans sa barbe ? demanda Isis.

— Putain comment ça casse le mythe, répondit Cassie.

— On a baisé avec une tête de gland dissimulé par de longs poils, ajouta Sofia.

— Bon, y'a plus qu'à suspendre le gland par les pieds. Je m'attaque au nœud.

Isis lança à nouveau son tuto. En 5 minutes à peine, Nat avait les pieds fermement liés. Il était temps de passer à l'étape du soulevage. C'est incroyable comme le corps humain est fascinant. Ces trois femmes, sportives certes mais pas très fortes, faut le reconnaître, ont réussi à hisser un corps de 90 kg au-dessus d'une barre de traction. Elles ont ensuite fait un autre nœud au pied de la table en métal. Elle était effectivement très lourde. Son crâne n'avait clairement aucune chance face à un truc pareil. Maintenant qu'il était en position, il fallait passer aux choses plus sanglantes. Elles avaient déjà positionné la bâche supplémentaire sous le corps, elle remontait même au niveau des murs du couloir. Elles avaient pris soin de la scotcher. Le seau était bien en place sous la tête. Y'avait plus qu'à… Mais nos *bitches* sont restés figés. *Fuck.*

— On peut encore faire marche arrière, suggéra Sofia.

— Oui Monsieur l'agent, c'est ça. Je l'ai tué par accident. Ensuite je suis allé acheter tout ce qu'il faut pour le découper. Et puis je l'ai épilé totalement dans le but de le faire cuire. Mais une fois qu'il fallait passer aux choses sérieuses j'ai flippé ma race alors je suis venu me dénoncer. Mais à la base c'est un accident. Dites-moi vous êtes célibataire ?

— T'es pas drôle Cassie, répliqua Sofia. Et en plus c'était vraiment un accident.

— Oui mais meuf, on peut pas aller voir les flics maintenant ! En plus c'est relou faudrait le redescendre de là. On a galéré pour le monter. Après faudrait le rhabiller. Va remettre un slim sur un cadavre rigide toi ! Et ses poils, on les recolle peut-être ? Et…

Elle s'arrêta net.

— Tadaaaaa ! s'exclama Isis, se tenant accroupie derrière le corps.

Stupéfaites, Cassie et Sofia n'ont pu s'empêcher de lâcher un petit cri de stupeur. Le sang coulait depuis le cou, en traversant le visage et se terminait en un looong filet volumineux au sommet du crâne. Le bruit du liquide qui touche le seau en métal résonnait.

— Les deux artères carotides communes, qui naissent de l'aorte et du tronc brachio-céphalique, et les quatre veines jugulaires. On trouve vraiment de tout sur le Net, expliqua Isis en essuyant le couteau sur le revers de son tablier. Maintenant y'a plus qu'à attendre. J'ai bizarrement pas réussi à trouver en combien de temps un humain se vide de son sang. Faudrait voir sur le *dark web*, mais je sais pas comment.

— Ne cherche jamais à aller sur le *dark web*, la supplia Cassie, Tu risques d'y prendre goût.

— C'est horrible, on dirait qu'il nous regarde. Ses yeux se sont ouverts parce qu'il est tête en bas ! paniqua Sofia.

— Bah le regarde pas banane ! lança Isis, Bon on fait quoi maintenant ? Café ?

— Faudrait qu'on mange un truc. On aura pas le temps de se taper une crise d'hypoglycémie, souligna Cassie.

— On se fait livrer ? questionna Isis.

— Nan pas ici. On n'est même pas censé être là. On rentre à l'appart et on se fait des pâtes. Je me vois très mal bouffer là de toute façon.

— Perso, j'ai pas faim, fit remarquer Sofia.

— Mais tu vas manger quand même. D'ailleurs faut aussi que tu postes sur ton Facebook, ordonna Sofia.

— Pour quoi faire ?

— Parce que t'es du genre à y raconter ta vie. Là t'as rien mis depuis hier soir, c'est chelou. Tu vas nous mettre une photo de toi, roulé en boule sous la couette en mode t'as chopé un vilain rhume.

— Avec la tête que je me tape, ça va être carrément crédible.

— J'te l'fais pas dire meuf.

— *Girlz*, y'a un truc auquel on a pas pensé, lança Isis, quand arrivera le moment où Sofia devra jouer la comédie auprès des flics, ils vont forcément enquêter. Elle va dire quoi ? Qu'elle n'a pas de nouvelles depuis vendredi ? Nan, faut qu'on fasse genre ils se sont écrits normal. Et le taf ? Il devait pas bosser Nat ce week-end ?

— Putain mais grave. Il a dû recevoir des appels, on n'a rien entendu. Son tel devait être sur silencieux.

Elles se dirigent toutes les trois vers la cuisine. En charge, comme d'hab. Sofia prend le portable et tape le code. Oui elle, elle l'avait, et elle n'a jamais pris la peine de fouiller. Naïve petite. Effectivement le boulot le cherche. Faut remédier à ce problème. Isis est missionnée là-dessus. Elle gère l'opération communication.

— Trop cool, je vais me mettre dans la peau d'un *charo* pendant quelques jours, s'émoustille-t-elle.

— T'emballe pas trop s'il te plaît. Faut que ça reste crédible, lui fit remarquer Cassie.

— T'inquiète de rien. Juste ce qu'il faut.

Il est environ 14 heures quand les *bitches* reviennent du déjeuner, avec à l'esprit que le pire reste à faire. Elles décident de se mettre au boulot sans traîner. Elles décrochent Nathan, plus une goutte de sang ne coule de son cou. Elles détachent le nœud de la table et il retombe de tout son poids. Un craquement se fait entendre. Il semble qu'il se soit brisé la nuque ? Bon, ce sera ça de moins à casser. Elles le traînent jusqu'au salon. Sacrée bonne idée d'avoir scotché les bâches.

— Bon, on commence par quoi ? demanda Sofia.

Elles réfléchissent un moment. Cassie prend les devants.

— On va d'abord devoir enlever la viande. Au maximum. Ensuite, on passera aux os. Faudra séparer la tête, les mains et les pieds du reste du corps.

— La réponse ne va certainement pas me plaire, mais pourquoi ? s'enquit Sofia.

— Parce que ce sont des morceaux qu'on ne pourra pas cuire. Les SDF ne sont pas débiles. Tu trouves ça normal toi un pied humain qui trône fièrement à côté du piment dans une barquette ?

— On peut pas le couper tu crois ? Mélangé au reste, ça passe nan ?

— Tu sais de combien d'os est composé le corps humain ?

— 206, répondit-elle, du tac au tac.

— Exact. Et en enlevant les deux pieds, on en retire déjà 14. Et si on s'amuse à enlever les poignets et les mains, on en retire encore 54. Ce qui nous fera moins de débris d'os dans les caris. Et moins de boulot pour tout casser. C'est pas énorme, mais c'est déjà ça de pris j'ai envie de te dire.

— Mais comment tu sais ça ? demanda Isis, étonnée.

— Je suis allé faire caca, et j'en ai profité pour faire quelques recherches.

— Ouh c'est glam ! se moqua Isis. Je suis ok avec tout ce que t'as dit, les os, les maths et tout. Mais avant toute chose, il faut l'ouvrir et le vider de tous ses organes. Après ça, tout nous paraîtra plus simple.

Cassie est parcouru par un frisson. Du dégoût. Elle s'imagine déjà les viscères, leur texture, leur odeur. Pour une végétarienne c'est un putain de comble ! Elle a arrêté la viande il y a deux ans environ, et ça ne lui manque clairement pas. Petite déjà, elle avait certaines chairs en horreur. Le canard par exemple. Brrrr, rien que d'y penser elle a des haut-le-cœur. Elle espère que Nat n'aura pas une odeur de canard. Elle se tape des barres intérieurement. Il doit avoir une odeur de porc. D'ailleurs, il paraît que la viande humaine se rapproche vachement de celle du cochon. Elle ne prendra pas la peine de goûter pour comparer. Faut pas déconner non plus. Le découper oui. Le bouffer, non.

— Elle a raison, dit Cassie.

— Je suis pas prête, murmura Sofia.

— *Don't worry*. J'ai pensé à tout. On va placer les sacs-poubelles tout autour de son corps, on aura qu'à mettre les trucs directement dedans. Pour les odeurs, je nous ai pris du Vicks Vaporub pour en mettre à l'intérieur de nos masques. C'est une astuce de chirurgien que j'ai vu sur le Net. Ils font ça dans les blocs opératoires. D'ailleurs, histoire que vous soyez prévenu, les os qu'on scie dégage une odeur pas top, style cheveux cramés. Et bon, le sang, une odeur métallique. Mais on a toutes nos règles, cette odeur-là on connaît. Pour éviter d'entendre les bruits dégueus des boyaux qu'on s'apprête à tripoter, on va mettre de la musique. Bon pas des sons qu'on aime, sinon on ne les écoutera plus jamais. Je propose un mix YouTube de musique classique. Mais avant toute chose…

Elle fouilla dans son sac, et en retira un petit sac transparent, rempli de feuilles sèches.

— On se met stone pour ne pas tout capter !

— J'ai jamais touché à ça, annonça Sofia.

— *Really* ? s'étonna Isis

— Bah c'est pas une généralité de se mettre une race avec de la *weed*, intervient Cassie.

— Hum. Mais ça devrait. Les gens seraient beeeaucoup moins tendus.

Elle se tourna vers Sofia.

— Tu veux essayer ?

— Meuf, elle a jamais fumé ! Tu crois vraiment que c'est le bon moment ? s'inquiéta Cassie.

— Ça va c'est de la *sativa*. Elle va être relax. On *bad* pas avec ça tu le sais bien, la rassura Isis.

— Je préfère être stone pour éviscérer mon ex, lâcha Sofia, d'un air assurée.

— Sage décision, lui dit Isis.

Elles se dirigent vers le balcon. Le cérémonial de la *weed* pouvait commencer. Isis se chargea de sélectionner les plus jolies têtes. Cassie les cisailla avec un tout petit ciseau. Elles ont toujours leur kit sous la main. Un tour dans le grinder estampillé Bob Marley. Un zeste de tabac pour atténuer tout ça pour Sofia. Une feuille de Job. Un filtre. D'un geste sûr et maîtrisé, *Baby* roule le tout. C'est sa spécialité, Cassie est nulle pour cette étape ; pas faute d'avoir essayé. Le tour est joué. Un bon gros pétard de *skunk* à partager. Cassie l'allume. Aspire légèrement pour le faire prendre, et le tend à Sofia. Elle louche sur la pointe du joint et se décide à le prendre.

— Je fais comment ?

— Tu inspires un petit peu. Tu bloques une seconde ou deux. Et tu relâches. Tu apprendras à la faire passer par ton nez etc. Tu verras c'est amusant, lui répondit *Queen*.

Sofia s'exécuta, et manqua de s'étouffer. Logique pour une première. Elle tendit l'objet du délit à Isis, qui le repassa par la suite à Cassie, et ainsi de suite. Un vrai calumet de la paix ; personne ne parlait. Elles se laissaient porter par le moment, par les volutes de fumée. Elles savouraient la détente de leurs muscles, jusque dans les moindres recoins de leur corps. Leurs cerveaux semblaient baigner dans la fumée. Il était temps de se bouger. Elles entrèrent dans le salon.

— Après ça je vais peut-être passer mon CAP de bouchère, pouffa Sofia.

— T'es stone meuf, tu dis de la merde, rétorqua Cassie.

— Allé hop hop hop pooooop ! *Pump it up* les sacs-poubelles autour du corps d'Axel ! s'exclama Isis.

— C'est qui Axel ?

— C'est personne mais ça rime !

— Samuel aussi. Emmanuel. Patrick Bruel, énonça Cassie.

— Marcuel. Marcel je veux dire, balbutia Sofia.

— Putain on aurait pas dû fumer, constata Cassie.

— Mais naaaaaan, c'est parfait. On sera moins dans le truc genre tu vois ? On va faire les choses sans vraiment comprendre, vraiiiment capter qu'on fait les choses. *You see what I mean ?* enchaîna Isis.

— *I see babe. Let's go !* s'exclama Cassie.

Elle se mit à califourchon sur le corps de Nat.

— Bistouri, dit-elle en tendant la main droite.

Isis se précipita vers l'entrée, fouilla dans les sacs et revint lui poser dans la paume de la main un petit couteau d'environ dix centimètres.

— Ah ! s'exclama Cassie, J'ai toujours rêvé de dire ça !

Elle se pencha légèrement en avant et posa la lame au niveau de la clavicule droite.

— Ils font bien un Y dans les films quand ils font des autopsies ? demanda-t-elle.

Les filles hochèrent la tête positivement. Elle continua sa tâche. D'un geste délicat, elle fait la première entaille, puis la seconde, et enfin la dernière partant du sternum jusqu'au pubis. C'était pas si compliqué finalement. Isis alla chercher les masques préalablement parfumés au Vicks, les lunettes et les gants. Elles prirent soin de les resserrer avec du ruban adhésif au niveau des poignets pour éviter que quoi que ce soit coule à l'intérieur. Les sacs-poubelles disposés au sol. Deux meufs du côté gauche, Cassie du côté droit. Elles font un compte à rebours. Explosent de rire à « deux ». Recommencent sérieusement et décollent la peau en suivant les entailles.

— C'est très rouge, constata Sofia.

Isis plonge sa main dans les intestins.

— Et très gluant, informa-t-elle.

— On a rien pour écarter les côtes ? demanda Cassie.

— Hum nan, dit Isis, mais on peut les briser à coups de massue.

— Je vais la chercher, dit Sofia en se levant.

Elle était rapidement de retour à sa place, massue en main. Sans la moindre hésitation, elle frappa un grand coup et se figea, massue sur côtes cassées.

— Whoo ! C'est bruyant ! s'exclama Cassie, hilare.

— Et c'est limite satisfaisant comme sensation, dit Sofia. Elle renouvelle son coup jusqu'à voir les côtes en miettes. Elles peuvent maintenant observer les poumons, le diaphragme, et bien à gauche, légèrement sous les poumons, le cœur. Oh bah merde, il avait un cœur finalement.

Ses yeux se posèrent le visage de Nat.

— On peut lui couvrir le visage les filles ?

— Oui je m'en charge, répondit précipitamment Cassie, je m'en charge hein, ne nous fais pas un *bad trip* steuplééé !

Elle alla chercher une petite serviette dans la salle de bain et la posa délicatement sur le visage de Nathan. Sofia était toujours bloquée, malgré la serviette qui cachait ses traits. Isis lui claque des doigts au visage.

— On redescend meuf, lui chuchota-t-elle.

Sofia se secoua la tête.

— Ouais, je suis là, je suis là c'est bon.

— *Baby*, tu nous mets de la musique ? J'ai pas envie d'entendre des *schppoouuurk*, *crounch*, *tfouuuak*, expliqua Cassie.

— J'en peux plus de toi et de tes bruits chelous meuf ! déclara Isis en riant aux éclats.

Elle lança une playlist de musique classique, comme prévu. La *Cinquième symphonie* de Beethoven résonna. Elles se mirent au travail. Elles soulevèrent d'abord les intestins, en prenant soin de couper ce qui le maintenait au reste. Puis, l'estomac, le foie, la vésicule biliaire, le pancréas… La vessie elle, était reliée à l'urètre, elle-même reliée au *zgeg*.

— Les filles, j'ai une faveur à vous demander, dit Cassie, Est ce que je peux lui couper le pénis, seule ? C'est étrange je sais, mais c'est ma façon à moi de lui dire au revoir.

— Nan ma chérie, c'est tout à fait normal, lui dit Sofia. On est en train de le vider de ses organes, ça c'est grave étrange en fait, C'est sûr, elle était stone. Elle poursuivit. Si j'avais pas les bras plein de sang et de fluide je t'aurai fait un câlin.

Isis pleurait.

— Ouiii moi aussi meuf, c'est trop touchant comme geste. On va dehors, on te laisse ton moment d'intimité.

Cassie se mit à pleurer aussi. Putain, ce joint est vraiment dément. Elle reniflait derrière son masque. Pas pratique. Elle prit le plus petit couteau, et posa sa main sur le pénis de Nat. Et lâcha un solennel :

— Merci mon vieux pour ces orgasmes mémorables, merci d'avoir toujours répondu présent, d'avoir toujours été au garde à vous et d'avoir toujours senti bon. Je suis fière de toi. Tellement ! Je ne t'oublierai jamais. Jamais. Et elle tailla dans le vif.

C'était plus spongieux que ce qu'elle pensait. Elle appela les filles une fois chose faite, et elles reprirent leur délicate opération. Une heure plus tard, il était vide. Deux sacs étaient pleins. À trois ça va vite.

Maintenant, elles n'avaient plus en tête que c'était du corps de Nathan dont elles étaient en train de s'occuper. Elles s'étaient comme, détachées. Plus d'affect. Juste un problème sanguinolent à gérer au plus vite. Le temps jouait contre elles.

— Il est presque 15 heures. Il est vraiment bien rigide et faut qu'on se grouille pour enlever le maximum de chair pour la foutre au congel. Sinon ça va commencer à devenir dégueu… On ne pourra rien faire cuire du tout, observa Cassie.

Elles se mirent à la tâche. Durant leur *shopping party mix*, elles s'étaient arrêtées chez Darty et avaient trouvé des couteaux électriques. Chacune une lame en main, elles se distribuent des zones. Isis et Cassie se chargent du tronc, l'une côté gauche, l'autre côté droit. Sofia, les jambes et tout ce qui se trouve sous la ceinture. Le bruit des couteaux vint se mêler au Vivaldi. Elles remplirent des dizaines de sacs de congélations. Trois heures plus tard, on ne voyait plus qu'une carcasse, avec des pieds et des mains intactes. Une tête recouverte d'une serviette kaki.

— Putain, y'a beaucoup trop de viande. On va nourrir les SDF de tout l'Océan Indien avec ça, constata Isis.

— J'avoue. J'aurai dû y penser. Un français moyen est composé de 77 kg de muscles. Il était au-dessus de la moyenne, clairement, dit Cassie.

— Putain de merde. On va faire quoi de tout ça ? questionna Sofia.

— Pour le moment on va tout mettre au congel, lui répondit Cassie.

— Mais où on va caser tout ce bordel meuf? Dans notre mini congel on galère déjà à faire rentrer une boîte de sorbets Adélis et un sachet de frites, lui fit remarquer Isis.

— On va devoir aller en acheter un gros.

— Genre là maintenant ? demanda Isis, Il est 18 heures passé, les boutiques d'électroménager sont fermées.

— Pas le choix, on ira au Run market. Ils ferment à 20 h 30 j'crois, et ils ont un rayon électroménager. Faut prier pour qu'ils aient ce qu'on cherche.

— Je ne pense pas qu'on soit en position de faire exaucer nos prières, constata Sofia.

Isis, morte de rire :

— Pas faux !

Elle essuyait ses larmes au coin des yeux et reprit son souffle.

— Bon, je veux pas jouer les rabat-joie, mais il y a encore beaucoup à faire ici. Faut lui écrabouiller les pieds, les mains et la tête surtout. Et puis faudra scier les os… Je veux bien m'en occuper. J'ai aucun affect avec lui, lui écrabouiller la gueule ne me dérange pas. Vous, vous allez gérer le congel et le faire livrer chez nous, annonça-t-elle.

Les filles ne la contredisent pas. Elles savent qu'elle avait raison. Elles se déshabillèrent sur les bâches, en prenant bien soin de ne pas se tâcher. Les éclaboussures rouges ont été de la partie, évidemment.

— Pfff ! Même mort, il continue à nous gicler dessus, lança Cassie à Sofia en rigolant.

— Il abuuuuse ! lui répondit-elle, hilare à son tour.

Elles enfilèrent les tenues de rechange qu'elles avaient prévu, et foncèrent au supermarché. Un samedi, à quelques semaines de Noël, c'était blindé. Elles ont galéré pour se garer. Galérer pour éviter le flot de caddies et de mioches qui gueulent. Arrivés au rayon électroménager, elles ont eu un coup de flippe. Pas de congélo en vue. Des frigos, mais pas le gros coffre qu'elles avaient imaginé. Double *fuck*.

— On essaie à carrefour, mais va falloir que tu y ailles seule. Tu vas gérer ? demande Cassie.
— J'ai le choix ? répondit Sofia.
— Gare-toi le plus loin possible de l'entrée. Il ne faut pas qu'on me voie.
— On dit merci à la crise sanitaire hein ? la titilla Sofia.
— *Best excuse ever* ! répondit Cassie en riant.

Quarante-cinq minutes plus tard, Sofia était de retour.

— Ils viennent nous livrer, annonça-t-elle
— Oh putain, Merci Seigneur, soupira Cassie en joignant ses mains vers le ciel.

Cassie prit soin de rester dans la voiture pendant la livraison. Ce serait très con qu'un mec de carrouf la reconnaisse et aille lâcher à ses collègues de la boutique un innocent « J'ai livré un congel samedi chez votre boss ». Ce serait vraiiiiment très con. Aux alentours de 20 h 30, elles étaient de retour chez Nat. Il ne restait que des sacs. Tout un tas de sacs. Et une odeur infecte. Fraîcheur marine mélangée à une espèce de mix entre os coupé et sang de cadavre. Ça pique le nez. Elles grimacent à peine la porte ouverte. Il n'y a plus de musique, et pas d'Isis. Elles commencent à regarder sous le balcon, peut-être qu'elle est juste en train de fumer. Rien. Le bruit de la chasse d'eau. Isis sort des toilettes, complètement livide.

— *Baby*? s'inquiéta Cassie.
Isis avait les larmes aux yeux.
— C'était plus hard-core que ce que j'avais imaginé Cassie. C'était trop…
Sa voix se brisa. Elle tomba dans les bras de sa meilleure amie. Ses jambes ne la portaient plus. Les filles la posèrent à même le sol et s'assirent près d'elle.
— J'ai tout fait. Une fois fini, j'ai été prise de maux de ventre et de nausées. Je me suis littéralement vidée. Le bruit des os… de…
Elle sanglota à nouveau.

Cassie et Sofia pleuraient elles aussi. L'adrénaline était en train de redescendre. La réalité les rattrapait.

— Je suis tellement désolée chérie, sanglota Cassie, Je m'étais juré de te protéger de tout et je t'embarque dans ce qu'il y a de pire.
— Nan, c'est pas de ta faute, c'était mon idée ce coup monté. Et puis, je refuse de te lâcher quand ça dérape. T'es tout ce que j'ai, t'es mon repère. Je serai toujours là.
Elle renifla et ajouta :
— Je me suis juste un peu surestimé sur ce coup, mais c'est fait.

Elles sont restées là, toutes les trois quelques minutes, à se serrer fort. Elles sont liées par le drame, par le crime. Par un sang qui ne leur appartient pas. Elles finirent de tout nettoyer. Elles étaient étonnamment bien organisées. Elles rangèrent tout ce qui devait être brûlé d'un côté : bâches, masques, tabliers et vêtements de Nat, la corde, la serviette kaki. La bouillie qu'avait faite Isis de ses pieds, ses mains et sa tête, ainsi que les gros os qu'elle avait sciés d'un autre. Ils étaient destinés au ciment. Les kilos de viande dans les sacs de congélation, pour le congélo tout neuf. Un coup de ménage avec un mélange de javel, de vinaigre blanc et de savon noir. On efface toutes les traces de leur présence ici. On vide le seau de sang dans la douche, on y laisse l'eau couler, on le finit au Destop. On prend les mégots de *weed*, on embarque les restes du plateau de sushis périmé, on remet le 100E à sa place. On pense à prendre le coton imbibé du sang de Cassie. On efface toutes les empreintes à coups de chiffons sur les poignets, le bar, la baie vitrée, la table basse, tout. On remballe les quatre diffuseurs.

— C'est comme s'il ne s'était rien passé, constata Sofia.
— Ouais… comme s'il allait sortir de la salle de bain en serviette, ajouta Cassie.
— Hum, c'est ça, acquiesça Sofia, C'est fou comme les apparences peuvent être trompeuses.

Plusieurs allers-retours ont été nécessaires pour charger les coffres. Trois voitures ne furent pas de trop. En plein milieu de la nuit, elles n'ont heureusement croisé personne dans la cage d'escalier. Nat habitait dans un immeuble du quartier de la Source. Il pleuvait des cordes. Les gens qui restaient habituellement jusqu'à tard dehors pour profiter de la fraîcheur de la nuit et de leur Dodo glacée étaient restés bien au sec. L'été Indien était du côté des filles, la pluie nocturne leur a facilité la tâche. Elles vont peut-être s'en sortir finalement…

À TABLE LES ENFANTS !

— Pourquoi le congel est en plein milieu du salon ? questionna Isis à peine entrée dans leur appartement.

— Il ne rentrait pas dans la cuisine, répondit Sofia.

— Ça fait pas suspect du tout, c'est sûr.

— C'est provisoire, on le revendra sur le bon coin, dit Cassie.

Elles se mirent à remplir le congélo. De tout, sauf des éléments à brûler. Épuisées, elles s'écroulèrent sur le canapé. Il était presque 3 heures. Mais le sommeil n'était pas d'actualité. Il restait de la logistique à régler.

— Lundi on commence à cuire c'est ça ? demanda Cassie.

Sofia acquiesce.

— Ok. Mardi on dépose ce qui doit être cimenté ?

Elle acquiesça de nouveau.

— D'accord. Demain on brûle les trucs alors. Enfin demain, tout à l'heure en fait.

— On va faire ça où ? demanda Isis.

— Pffff j'en sais strictement rien, répondit Cassie, désespérée. Elle se mit à cogiter. Je ne pense pas que ce soit jouable.

— Pourquoi ? interrogea Sofia.

— Bah question discrétion c'est pas le top. Faut qu'on prenne de l'essence et qu'on allume un gros feu quand même. On ne va pas faire ça n'importe où. On peut même pas se dire qu'on va faire genre un pique-nique dans la forêt de Bébour et passer ça sur les espèces de barbeuc en pierre là. Les pique-niques sont interdits par arrêtés préfectoraux à cause du covid.

— Et si on crame le tout à Ste-Rose ? Genre sur les anciennes coulées de laves, proposa Isis

— Bah faudrait marcher des heures pour être certaines que la fumée ne se voit pas depuis la route. Et la lave c'est hyper coupant, les sacs sont lourds, ça va nous prendre des plombes.

— On doit faire une croix sur le feu j'ai l'impression, constata Sofia.

— Hum je crois ouais, confirma Cassie, Mais je pense que j'ai un autre plan. Les poubelles de carrouf.

— Putain mais oui ! s'exclama Isis.

— Vous m'expliquez ? demande Sofia, perdue.

— Le personnel à des poubelles dédiées. Une pour les cartons, et une autre pour le reste. Depuis les travaux de rénovation, elles sont joliment cachées au public. Ce sont des espèces de gros compresseurs qui écrasent les sacs et les cartons pour en faire un amas bien compacté. On a accès à ces composteurs, lui expliqua Cassie.

— Huuuum… et comment comptez-vous amener les sacs ?

— Bah, mercredi soir Isis sera de fermeture. L'intérimaire part à 19 heures. Juste avant son départ, tu viens lui déposer les sacs sur le parking. Elle dit à l'intérimaire qu'elle va chercher un caddie pour les cartons, comme d'hab. Tu l'attends près des caddies en question, elle charge, vide, compresse et revient avec son chariot récupérer les trucs dans la boutique.

— Ça va pas paraître suspect à l'intérimaire qu'elle prenne plus de temps que prévu juste pour chercher un caddie ? s'interrogea Sofia.

— Pfff naaan. J'en profite toujours pour faire un tour, fumer une clope, taper la discute avec un vigile beau gosse, ajouta Isis.

— Ok c'est validé, dit Sofia.

— Hum en revanche, hors de question que mon ADN traîne là-dedans. Je vais couper la partie du jean où y'a la goutte de sang, informa Cassie en se levant.

— Beeeeuuuurrrrk tu vas fouiller là-dedans ? grimaça Isis.
— Roh ça va, on a fait pire.

Elle retrouva rapidement le slim de Nat, et repéra la petite tâche. Elle le découpe et fait brûler le morceau de jean dans le cendrier du balcon.

— Il nous faut une solution pour le surplus de viande, dit Sofia.
Elle ajouta :
— Je pense avoir une idée.
Elle avait toute l'attention des *bitches*. Elle poursuivit.
— On garde les morceaux les plus tendres pour la cuisson et la distribution. Ses fesses, ses cuisses, ses mollets feront l'affaire. Ce sera largement suffisant. Pour le reste, on va les envoyer à la décharge.
— On a déjà évoqué l'option de la décharge, ce n'est pas possible, c'est sûrement surveillé, argua Cassie.
— J'ai pas dit qu'on allait y aller nous-même. Il y a des éboueurs pour ça.
— Développe, s'intéressa Cassie.
— On fait des sacs plus petits et dans la nuit précédant le ramassage des ordures ménagères, on les dépose dans des poubelles au hasard, expliqua Sofia, C'est l'été en plus, personne ne va s'étonner d'une odeur de pourri dans une poubelle.
— Je jette un coup d'œil sur les calendriers de collecte de la CINOR, lança Isis. Bon, c'est la merde ce truc. Selon le quartier, les jours changent.
— Où est ce qu'ils passent le lundi ? demanda Cassie.
— Bellepierre a priori. Les lundis et jeudis.
— Essaye dans une autre ville, plus petite.
— *Wait*.
Elle tapote rapidement et annonce
— Ste-Suzanne, les lundis et jeudis. J'ai pris quelques quartiers opposés pour voir et ça ne bouge pas.

— Ok, ce soir on va aller faire un tour à Ste-Suzanne, conclut Cassie, On a de plus petits sacs de congélation, j'en ai racheté en pensant qu'on en avait plus, mais ils étaient juste mal rangés et cachés derrière le stock de nouilles. Breeeef. Je pense que ce sera suffisant. On va s'amuser à faire des petits paquets de viande les filles.

— Même joueur joue encore… lâcha Sofia d'un air dépité.

La viande avait à peine eu le temps de refroidir dans le congel. Elle était encore maniable. Sofia identifia rapidement ses sacs, elle y avait fait un double nœud. Chose que les filles n'ont pas faite. Elles trouvèrent des gants en latex datant de la période du confinement et se mirent à travailler à la chaîne pour faire de plus petits paquets. Environ une trentaine de petits sacs plus tard, elles redéposaient le tout au congel, en attendant la distribution du soir.

— Pourquoi on utiliserait pas la même technique pour la bouillie ? demanda Isis.

— *Chépa*… ça m'angoisse l'idée que quelqu'un puisse tomber sur une bouillie de crâne, avoua Cassie.

— L'option du ciment à l'hosto est solide sur la durée. Mais c'est très aléatoire. Qui nous dit qu'on pourra déposer les sacs sans se faire repérer ? Ou que ce sera assez profond pour tout recouvrir. On ne maîtrise pas tous les paramètres, moi c'est ça qui me stresse, confie Sofia.

— Hum c'est vrai. Je vois tout à fait ce que tu veux dire, concéda Cassie.

Elle se tourne vers Isis :

— Baby, je sais que c'était un mauvais moment pour toi, mais j'ai besoin de savoir. Les gros os, genre fémur, bassin… ils sont comment ?

Le visage d'Isis fut traversé par une expression sombre. Jamais son regard de poupée n'était apparu aussi *dark* à Cassie. Elle en eut des frissons. Elle répondit mécaniquement :

— Méconnaissable. En morceaux. J'ai tout scié, et ensuite jc me suis acharné dessus à coups de massue. Vraiment acharnée.

Cassie ne voulait pas remuer le couteau dans la plaie et trancha :

— Ok. La bouillie ira aussi dans les poubelles. On oublie les travaux au CHU.

— Et la cuisson ? questionna Isis. Nan parce que du coup, on peut aussi tout balancer hein.

— Nan ! cria Sofia.

Elle se ressaisit et poursuivit :

— Désolée, je me suis emballée. Ça peut paraître hyper morbide, mais je tiens à la cuisson. Nathan et moi on partageait cette passion pour la cuisine. C'est ma façon de lui rendre hommage. Et de laver ma conscience en donnant à ceux qui sont dans le besoin.

— On te laissera gérer ça, dit Cassie, Maintenant, faut qu'on pense à la suite. Isis, l'opération de communication, ça donne quoi ?

— Bah j'ai répondu à ses meufs, j'ai envoyé des messages à Sofia, et j'ai répondu aussi à la place de Sofia ! D'ailleurs, qui ne met pas de code sur son portable ? Breeeef. Il a reçu un texto de sa mère qui voulait prendre de ses nouvelles. Elle vit en métropole ? Elle lui disait qu'elle envie la chaleur de la Run.

— Oui, répondit Sofia, Ils sont partis vivre là-bas quand Nat avait environ 16 ans. Il a voulu revenir pour mettre les choses au clair avec son père qui est resté ici, mais ça s'est mal passé. Il a tout de même décidé de rester. On parlait souvent de rentrer ensemble. C'est dingue, on était tous les deux de Clermont, et il a fallu qu'on vienne à la Réunion pour se rencontrer. La vie est incroyable, dit-elle avec nostalgie.

— Okey… Et mis à part ça nan, rien à signaler. J'ai envoyé un mail à son boulot. Et c'est tout, ajouta Isis.

— De mon côté pour le boulot, j'appellerai mon assistante demain pour la prévenir que je reprendrai mercredi, informa Sofia, J'ai publié cette photo en mode petit rhume.

— Nickel. Ce sera à toi de donner l'alerte de la disparition de Nathan, lui dit Cassie.

— Je sais. On fait ça quand ?

— Mercredi. Isis tu arrêteras de jouer son rôle dès lundi matin.

— Et après ? questionna Sofia.

— Et après j'ai un plan. Vous en faites pas. Mais pour le moment, on devrait dormir un peu. On doit faire une virée nocturne sur Ste-Suzanne.

Pour la première fois depuis ce malheureux accident, elles relâchent un peu la pression. Sofia rentre chez elle. Et les *bitches* se sont laissé gagner par le sommeil devant Netflix et quelques épisodes de *Friends*. Aux alentours de 21 heures, Sofia était de retour, avec des bols de chez Vapiano. *Pollo picante*, un *vegetariano*, et un *thaitaly*. Trois gâteaux au chocolat et du thé à la menthe bio. L'atmosphère était détendue. Trois amies autour d'un bon repas, à s'échanger des banalités, à rire et à chantonner. Mais, il fallait bien en revenir aux choses sérieuses. À 23 h 30, elles commencèrent à charger la voiture, une seule cette fois-ci. Il fallait être vives et efficaces. Cassie au volant. Sofia sur la banquette arrière, siège rabattu, qui passe les sacs à Isis par la vitre arrière. Cette dernière se charge de les déposer dans les poubelles. Tout ça sans trop faire de bruit. En avançant en première dans les petites rues et lotissements. Et en choisissant au moins une poubelle sur quatre, pour ne pas prendre le risque qu'un ripeur remarque quoi que ce soit. Elles ont choisi des quartiers un peu excentrés. Bagatelle, et Deux-Rives. Deux opposés. Une fois les sacs déposés, elles croisent un camion benne qui entame sa tournée. Le jour n'allait pas tarder à se lever.

— J'ai l'impression d'avoir joué au Père Noël. En plus sexy et en plus glauque, dit Isis sur le chemin du retour.

— J'ai l'impression de m'être fait passer dessus par un tracteur, ajouta Cassie.

— Moi j'ai l'impression que c'est pas ma vie depuis vendredi, conclut Sofia.

Cassie monte le son de l'autoradio. Angèle et Damso. Elle chantonne avec eux : *Comment faire pour tuer mes démons ? Comme un ange en enfer j'oublie mon nom…* Une chanson qui illustre parfaitement leurs états d'âme du moment.

De retour dans l'antre, elles ont pris une douche, amplement méritée et se sont instinctivement regroupées dans le lit de Cassie. Le plus dur était désormais derrière elles.

Lundi. Le jour de la cuisson. Les filles se réveillent vers 09 heures Petit dej en musique et t-shirt culottes ! Elles évoluent toutes les trois dans la petite cuisine en parfaite symbiose, comme si elles avaient pour habitude de se réveiller côte à côte. Elles avaient faim de louve ! Le petit déj dérapa rapidement en brunch. Riz chauffé morue, rougail tomate, tartine de pain de mie toasté, jus d'orange, quelques kiwis gold. La voix de Kalash en fond sonore. *Hé baby allô !*

— T'as une idée de recette ? demanda Isis à Sofia.

Elle regarda le congél qui prenait tout l'espace dans le salon.

— Hum pas vraiment. Mais je ne vais pas me lancer dans un truc compliqué. Je vais le faire en mode civet je pense. Il faut que ça reste assez basique pour notre distribution, et puis comme ça je peux tout faire en une seule fois. J'ai de grandes marmites à la maison, ça devrait le faire. On dira que c'est du civet de bœuf non ?

— Hum *chépa*, répondit Cassie en enfournant une autre bouchée de riz, En mode rôti de porc aussi ça peut le faire nan ? proposa-t-elle.

— Ah ouais, j'y avais pas pensé ! s'exclama Sofia, C'est encore plus simple et je pense que c'est sûrement ce qui se rapproche le plus de… euh… de l'humain en fait, s'esclaffa-t-elle.

— Putain c'est clair ! s'exclama Isis.

— Allé validé pour le rôti. Je vais aussi faire du riz et des grains. Comme ça, je mets tout en barquette directement.

— Tu sais cuisiner créole ? s'étonna Cassie.

— Ouais, Nat m'avait appris.

— Hum ok. Vous aviez l'air d'avoir une vraie relation comparé à nous, constata-t-elle.

— Tout aussi vrai qu'il me trompait avec toi et avec je ne sais qui d'autre. Quel intérêt ?

— Pas faux.

Histoire de changer de sujet Isis demanda :

— On va les distribuer au hasard ces barquettes après ? On peut pas plutôt les donner à une asso ?

— Genre *Momon Papa Lé La*[1] ? demanda Cassie

— Euh nan, y'a des enfants là-dedans, faut pas déconner. Nan j'ai vu aux infos une fois, y'a des assos qui donnent aux SDF.

— Oui moi aussi j'ai vu ce reportage. Je vais me renseigner. Ne vous en faites pas je vais gérer ça, ajouta Sofia.

— Ok mais surtout ne va pas toi-même déposer les barquettes. Faut que ça reste un don anonyme, insista Cassie.

— Bah comment je fais ça moi ?

— Bah tu fais appel à un coursier banane ! Règlement en espèce, toujours, lança Cassie

— Y'a ça ici ?

— *Téé comen ou la vu a nou ou la ? Arrête plané hein*[2]*!* lui sortit Cassie en créole.

Sofia explosa de rire et lui sortit un parfait :

---

1 Association réunionnaise

2 Traduction contextuelle : « Nan mais tu nous as pris pour qui ? Arrête de dire n'importe quoi ! »

— *Exkizé cafrine.*[3]

Elles éclatèrent de rire. Et ça faisait du bien.

En tant que narratrice, je suis ravie de les voir rigoler. Je vous jure que j'ai vraiment eu peur de devoir vous annoncer qu'elles ont fini en prison. Mais bon, je ne suis pas non plus totalement sereine. Il reste encore toute la partie où il faut faire genre Nat a disparu. J'ai hâte de voir comment elles vont se débrouiller sur ce coup-là. Laissons-les apprécier leur moment de quiétude. C'est bientôt l'heure du Nathan rôti ! À table les enfants !

---

3 Traduction littérale : « Désolée meuf ».

PARTIE 3

Show must go on !

Mardi. Dans le courant de l'après-midi, Sofia envoie un message sur le groupe WhatsApp qu'elles avaient créé la veille.

Le coursier vient de partir. La dame de l'asso que j'ai eue au téléphone était ravie. Ça fait chaud au cœur ! Merci de m'avoir laissé m'occuper de cette étape, c'était hyper important pour moi. Ça sentait comme du porc, et ça fondait comme du porc ! Mais rassurez-vous je n'y ai pas goûté ! Maintenant je vais aller jeter tout ce que j'ai utilisé à la déchetterie. Brrrrr plus jamais ! Bisous les girls !

Les filles sourient en lisant le texto.
— Elle est chelou mais je l'aime bien cette conne, annonça Isis.
— Hum moi aussi.
— T'es jalouse un peu nan ?
— Jalouse de ?
— Bah de la relation qu'elle avait avec Nat.
— Nan c'est pas ça. C'est juste que ça me ramène toujours à la même réflexion. Pourquoi elle, il l'a choisi comme officielle, celle avec qui il parlait emménagement et tout. Et puis moi, il m'a choisi comme plan cul, Elle paraissait touchée par sa propre réflexion. Isis ressentit sa peine.
— Je comprends. Mais en réalité tu as une fausse perception de la situation. Il ne vous estimait ni l'une ni l'autre. Il ne vous respectait pas non plus. Ça n'a rien à voir avec toi ou avec Sofia, c'était lui le problème. Il parlait d'emménager avec elle pourquoi ? Elle est belle,

elle a l'air de ne pas manquer de tune, et surtout elle est naïve la pauvre. Jamais une femme comme toi ne serait restée aussi longtemps qu'elle dans l'ignorance.

— C'est pas faux. Mais bon, ça ne change pas la peine que ça me fait.

— Ça passera.

— Faut qu'elle vienne à la maison tout à l'heure, on a un truc à régler.

— Genre octogone bam bam ? demanda Isis en se mettant à mimer de la boxe.

— Putain mais t'es coooon ! rit Cassie. Nan un truc de logistique.

— Ok je lui envoie un message sur le groupe. Je lui dis de nous ramener du mac do aussi tiens.

19h30, l'odeur du *filet-o-fish* se mêle à celle du *big mac* et des frites. Quitte à engloutir de la malbouffe, autant que ce soit du Mac do.

— Tu as toujours le téléphone de Nat Isis ? demanda Cassie, la bouche pleine de frites.

— Yep. Et je n'ai donné de signes de vie à personnes depuis hier matin, comme tu me l'as dit.

Cassie se leva pour aller chercher son ordinateur. Elle avait l'air de savoir exactement ce qu'elle faisait. Elle fouilla dans son sac à main, posé à ses pieds, et en sortit le portefeuille de Nathan.

— Tu l'as depuis quand ? demanda Sofia, les yeux ronds.

— Depuis samedi, quand j'ai pensé à ce plan, répondit-elle en sortant la CB de son encoche.

— Mais c'est ouf comme tu peux faire des trucs en *scred* toi ! s'amusa Sofia.

— Pffou, t'as pas idée meuf ! lança Cassie.

— C'est quoi le plan ? questionna Isis.

— J'espère juste qu'il a suffisamment de provisions sur son compte ce con, marmonna Cassie.

— Il a plutôt intérêt ! Je l'ai renfloué de 3 000 € la semaine dernière, précisa Sofia.

— Hein ? 3 K ? Mais pourquoi ? s'exclama Isis.

— Parce que j'étais conne, argua Sofia, en levant les yeux au ciel.

— Bah au moins c'est toi qui le dis.

Elle se tourne à nouveau vers Cassie :

— Meuf, c'est quoi le bail ? insista-t-elle.

— Attends. Regarde le portable, t'as une transaction à valider.

Le portable vibre.

— Ouais mais j'ai pas le code de son appli bancaire. Et son empreinte, elle est perdue dans une décharge, pouffa-t-elle.

Sofia le lui prit des mains et tapota rapidement. Elle lui tendit le portable.

— Tiens. J'avais accès à son compte bancaire aussi, pour voir comment faire pour l'aider à moins galérer.

— Ah ouais quand même, marmonna Cassie.

Quelques clics et elle s'exclama en brandissant les poings vers le ciel :

— C'est *good* !

Elle tourna l'écran face aux filles, d'un air satisfait. Elles prirent quelques secondes avant de capter.

— Tu lui as acheté un billet pour la métropole ?! s'étonna Sofia.

— T'es mon héroïne meuf, lâcha Isis.

— Avé moi ! se congratula Cassie. Demain quand tu iras déclarer sa disparition à la police, ça fera 48 heures qu'il aura disparu. Ils vont chercher d'abord à éliminer les pistes les plus probables je pense. Ils vont vérifier ses relevés, ses opérations. Demain soir, on va squatter près de l'aéroport.

— Dans la zone des putes ? l'interrompit Isis.

— J'en peux plus de toi ! rit Cassie. Plus vers *chépa* moi ! Colipays genre tu vois ? On verra ! On y sera à l'heure de son vol. On enverra depuis son portable un dernier message à Sofia, en mode je pars bla bla bla. Ensuite on brise le portable, la puce tout. On le balancera dans une poubelle sur le chemin du retour. Si les flics tracent son portable, le signal s'arrêtera à l'aéroport. Mais je pense très sincèrement que ça n'ira pas jusque-là. Puisqu'il aura envoyé un message d'adieu à sa meuf. C'est là qu'on aura grave besoin de toi Sofia.

— Est-ce je sais jouer la comédie. Je comprends mieux pourquoi tu m'as demandé ça depuis le départ maintenant, dit Sofia, doucement.

— Hum c'est ça. Tu vas devoir jouer la meuf brisée en gros. Dans l'après-midi, tu donnes l'alerte aux flics en mode t'es certaine qu'il lui est arrivé quelque chose. Et le soir, tu les informes que tu as reçu un message de lui disant qu'il avait pris l'avion etc.

— Je vais passer pour une conne

— Oui, clairement. Mais il vaut mieux passer pour une conne que pour une criminelle, argua Cassie.

— *One point Babe*, ponctua Isis.

— Ok. J'ai une question. Tu m'as demandé si je savais jouer la comédie vendredi. Tu nous as dit que t'as pris son portefeuille en ayant cette idée samedi.

— Et donc ?

— Donc c'est pas logique. T'avais tout prévu ou quoi ?

— T'es sérieuse ?

— Bah *chépa* ! C'est chelou nan ?

— C'est toi qui es chelou là en fait. T'étais là nan ? C'est même toi qui l'as buté ce gros enculé ! Moi j'essaie de te sauver la peau et tu me demandes si j'avais tout prévu ? *Cé kwé ton trin* ?[4] s'énerva Cassie.

Isis tente de les calmer.

— Oh *calm down* ! cria-t-elle.

---

4 Traduction contextuelle : « c'est quoi ton problème ? »

Elle expira avant de reprendre posément.

— Sofia, tout a été prémédité sauf le fait que tu le pousses, qu'il se prenne les pieds dans ses compensés et qu'il se brise le crâne sur sa table basse. Cassie est visionnaire, elle l'a toujours été. On n'en serait pas là sans elle. Vendredi, elle a anticipé le fait qu'il faudrait que tu mentes à la police. Sans savoir encore comment et pourquoi. Et samedi, elle a eu l'idée du billet d'avion et du texto et elle a embarqué le portefeuille. C'est aussi simple que ça.

— Faut qu'on se fasse confiance Sofia. On est toutes dans le même bateau, lui dit Cassie, visiblement calmée par l'intervention de Baby.

— Je sais. Excuse-moi… Je suis complètement à côté de la plaque. Et Isis a raison, sans toi on en serait pas là. Je suis désolée.

Elle lui tend la main en guise de pardon. Cassie l'attrape en souriant.

— Fiou, on a frôlé l'octogone ! s'amusa Isis.

PANIQUE À BORD !

Mercredi après-midi. Message de Sofia sur le groupe.

J'ai une boule au ventre. Je suis allé voir la police. Ils ont pris ma déclaration. Ils commencent déjà à me dire que c'est certainement rien de grave, et que malheureusement des hommes lâches qui disparaissent sans prévenir ça arrive tous les jours. @Cassie, je pense que t'as vu juste. C'est dingue.

Je le savais ! Si prévisibles... Vous vous occupez des compacteurs avant 19 heures comme prévu. Toi et moi, on se retrouve à la maison vers 20 h 30. On récupère Isis à carrouf juste après la fermeture. Le vol est prévu pour 21 heures On sera juste dans les temps pour arriver près de l'aéroport. À toute !

20 h 50. Zone aéroportuaire. Les filles se sont garées près du Servair. Pas un chat à l'horizon. Toute cette histoire est bientôt finie.

— Ok Isis, envoie le texto. Sois cash et directe. Pas de place au doute.

— *Je s'appelle Charo*, dit Isis avec la voix de Groot.

La notif du message sur le portable de Sofia ne se fit pas attendre. Elle le lit à voix haute.

— Je suis sur le point d'embarquer définitivement pour la métropole. J'en peux plus de cette île de merde, de ce taf de merde. Et toi tu m'étouffes. J'en peux plus de tout ça. Ne gâche pas ton énergie à essayer de discuter ou de me faire changer d'avis. Quand je serai prêt à en parler je te ferai signe. Je suis désolé. Prends soin de toi.

Elle avait les larmes aux yeux.

— C'est bête je sais, mais ça me fait mal au cœur, dit-elle doucement

— C'est parfait ! Enfin non, c'est pas parfait que tu te sentes mal, mais c'est parfait pour les flics. Vas-y appelle ! lui lança Cassie.

Elle composa le numéro.

— Bonsoir. Je suis Madame Busquat Sofia. J'ai signalé à un de vos collègues la disparition de mon compagnon, Perez Nathan cet après-midi.

Elle s'interrompit et sanglota audiblement :

— Je suis désolée de vous avoir fait perdre votre temps monsieur…

Elle pleurait vraiment.

— Il est parti en métropole ce soir sans me prévenir. Il m'a largué comme une merde et je ne sais pas ce que je vais faire de ma vie sans luiiiii.

Elle explosa. Cassie lui arracha le téléphone.

— Bonsoir. Excusez-la, elle est vraiment sous le choc. Je suis une de ses amies, elle vient de recevoir un texto de Nathan l'informant qu'il est sur le point de partir.

Le policier balbutia quelques mots de convenance pour marquer sa compréhension. Il ajouta tout de même :

— Avez-vous une idée d'où il peut aller en métropole ? Il a de la famille là-bas ?

Instinctivement, elle répondit du tac au tac :

— Oui sa mère, sur Clermont-Ferrand

— Ok très bien. Je note ça dans le dossier et nous ferons les vérifications nécessaires afin de rassurer votre amie sur le fait qu'il soit bien en vie et effectivement en métropole. Bonne soirée Madame, Et il raccrocha.

Putain. De. Bordel. De. Merde. Le volume était à fond, les filles ont tout entendu.

— *Totoche tan mamaaaaannn tantine* ![5] cria Cassie en frappant son volant. Mais quelle conne je suis !
— Ils vont le chercher en métropole ? dit Isis.
— Ils vont certainement appeler sa mère ! C'est la merde ! On va faire quoi quand elle leur dira qu'il est pas là, qu'elle n'a plus de ses nouvelles etc. ? Putain !!!

Elle sortit du véhicule. Sofia avait cessé de pleurer. Elle se tourna vers Isis, l'air désorienté :

— On va pas aller buter sa mère quand même hein ?
— T'as fumé en *scred* toi ou quoi ? se moqua Isis, Mais nan jamais. Faut qu'on trouve une solution pour que la police et sa daronne pensent qu'il a réellement pris l'avion pour la métropole, mais qu'il n'a rien dit à personne sauf à toi. Qu'il s'est volontairement isolé.
— Comment on va faire ça ?
— Meuf, aucune idée.

Cassie revint à la voiture.

— On se casse. J'ai besoin de me poser pour réfléchir.

---

5 Traduction : insulte commune en créole réunionnais. Dans le contexte, elle peut être traduite par « mais putain quelle conne je suis ! »

Elle démarre le moteur de sa DS. Pas de radio. Rien que le silence pesant d'un plan parfait qui foire. Arrivé à l'appart, Cassie partit directement dans sa chambre. Isis regarda Sofia. D'un air entendu, cette dernière rentre chez elle. Personne n'avait rien dit, mais toutes savaient à quel point la situation était en train de leur échapper, de devenir véritablement catastrophique.

Le lendemain, Isis était d'ouverture. Elle n'avait plus vu Cassie depuis la veille au soir. Elle ne ferait que se croiser à la boutique à 14 heures, heure du changement d'équipe.

CHAUD AUX FESSES

— Ça va Cassie ? T'as pu dormir un peu ? lui demanda Isis dès son entrée dans le magasin bruyant et bondé, *as usual.*

— Oui ça va t'inquiète. Ça a été ce matin ?

— Ouais, on cartonne. On est devant les autres boutiques en termes de CA. Mais le TT n'est pas top, les gens rentrent en groupe et une seule achète…

— C'est le genre d'explication qui ne va pas passer là-haut… Bref, on fait au mieux. T'as fais un réa ?

— Bien sûr. Mais on a été dévalisés. Un autre après les pauses dej des filles sera nécessaire.

— Ok merci *Baby*. On se voit à la maison ce soir.

Et elle fila en réserve. Elle n'avait pas dormi de la nuit. Elle ne savait pas comment elle allait s'en sortir. Comment elle allait sortir les filles de là surtout. C'est ce qui l'inquiétait le plus. Elle s'était donnée jusqu'à ce week-end pour trouver une solution. Elle s'est surprise à prier vers les 4 heures du mat. Elle était vraiment désespérée. Si rien ne venait avant samedi soir, elle irait se dénoncer à la police et tout assumer. Cassie, et le sens du sacrifice. Elle avait déjà participé à un homicide involontaire et porté atteinte à l'intégrité du cadavre. Rien que ça, ça va chercher dans les 15 ans ? Perpèt s'ils retiennent la préméditation ? Et si elle plaide la folie, elle pourra peut-être bénéficier d'un traitement de faveur, genre internement à vie ? Mais quoi qu'il en soit, elle ne supporterait pas l'idée de faire vivre ça à Isis. Pas même à Sofia à qui elle s'était bizarrement attachée. Pour le moment, elle a une boutique à faire tourner en pleine période de fêtes de fin d'année. Cet après-midi va être long.

Épuisée par sa journée, autant que par son manque de sommeil, Cassie baisse la grille du magasin en bâillant. Il est 20 h 45. Quasiment tout le monde est parti. Elle salue le vigile en sortant. Le parking est vide. Elle a dû garer sa caisse à l'autre bout en arrivant, en début d'après-midi. Noël approche, il y foule au centre commercial. Elle avance sans trop faire attention à ce qui se passe autour d'elle. Elle fouille dans son sac pour en sortir ses clés, lève les yeux vers sa voiture et aperçoit une silhouette, adossée à son capot. Elle flippe, son cœur se glace. Les lieux sont réputés pour être mal fréquentés quand les lumières s'éteignent. Elle jette un rapide coup d'œil en arrière. Le vigile est sur son portable, évidemment. Bon, elle n'a pas le choix, elle avance d'un pas décidé vers ce qui semble être un grand mec. Arrivé à environ cinq mètres, son corps se détend. Elle ralentit sa course. Déverrouille les portières, pose son sac sur la banquette arrière et se tourne vers l'homme qui se tient face à elle :

— Qu'est-ce que tu fous là Enzo ?
— Je t'avais dit que je rentrais.
— Comment tu m'as retrouvé ?
— Après dix ans de boîte j'ai des contacts. Ma sœur m'a dit que tu bossais ici. J'ai fait une recherche sur la plaque de ta voiture et j'ai attendu que tu finisses.
— Hum. Et tu t'es pas dit que j'avais pas envie de te voir quand j'ai pas répondu à ton message ?
— Si, mais je m'en fous, répliqua-t-il en souriant.

Cassie laissa échapper un léger sourire. Il était toujours aussi canon. Il avait vieilli, mais ça lui allait tellement bien. Il avait pris en muscles, logique qu'elle n'ait pas reconnu immédiatement sa silhouette. Au coin des yeux, des petites pattes d'oie commençaient à se marquer. Son sourire était toujours aussi doux. Il avait une petite barbe de trois jours, et ses petites boucles étaient figées au sommet de son dégradé parfait. Il portait un t-shirt blanc, moulant et un bermuda, style jogging gris. « Hum le jogging gris », se dit Cassie.

— T'attends quoi de moi là au juste ?
— Rien. Juste qu'on discute.
— De quoi ? De la façon dont tu m'as abandonné ?

Il baissa la tête.
— J'ai pas assuré je sais. J'étais qu'un gamin débile. J'ai flippé. J'ai conscience de mon erreur et du mal que je t'ai fait. Mais comme je t'ai dit dans mon message, il s'est passé plein de choses depuis, et je ne suis plus le même homme. Je peux pas changer le passé, mais aujourd'hui je suis là et je peux influer sur l'avenir.
— L'avenir, répéta Cassie, le cœur lourd, Toi tu viens me parler d'avenir ? C'est ouf. Mais t'sais quoi Enzo ? J'ai même pas envie de débattre avec toi. Toi et moi c'était il y a longtemps, et comme tu dis, plein de choses se sont passées. On se fait plus de mal que de bien. Et je t'en voudrais toute ma vie de t'être barré sans explications. Je ne vois pas quel avenir on peut construire sur une base comme celle-là.
Elle prit une grande inspiration pour ne pas pleurer, Et tu me dis que t'as changé, que t'es plus le même homme. Qu'est ce qui me le prouve hein ?
— Je suis papa. J'ai un fils. Il a tout juste trois ans et il s'appelle Eden. Sa mère et moi, on est restés deux ans ensemble. Elle m'a trompé avec un mec de mon reg… Le karma peut-être. Mais on a de bonnes relations aujourd'hui.
— Ton p'tit boy… lâcha-t-elle avec une pointe de regret.
— Ouais… J'aurai voulu l'emmener ici avec moi, mais il est beaucoup plus attaché à sa mère. Moi j'ai enchaîné les missions. Je partais parfois pendant six, neuf mois. Et je partais souvent. J'ai vu

des trucs de ouf… J'ai pris ma retraite, je ne risque plus dc te quitter pour l'armée. En revanche, eux ils me payent le prix fort. J'étais dans des bails pas très catholiques durant mes missions. Je mettais ma vie en danger très souvent. Trop souvent. J'ai perdu des amis, et j'ai vu la mort dans les yeux d'un gosse de 8 ans à peine. Il y a des choses qui changent un homme Cassie.

Il avait le regard dans le vide. À ce moment précis, elle sut qu'il disait vrai. Quelque chose en lui avait irréversiblement changé. Elle le voyait sincère.

— J'ai tué un mec. Mon ex. Et avec ma pote et la nana avec qui il sortait en même temps que moi on a découpé son corps, on l'a fait cuire et on l'a distribué à des SDF. Le reste on l'a déposé au hasard dans des poubelles la veille du ramassage. C'était un accident.

Il la fixait intensément. Il n'avait l'air ni choqué, ni surpris.

— Pourquoi tu m'as pas appelé ? J'aurai pu être utile.

— Parce que je n'ai pas eu besoin de toi. Je n'ai plus besoin de toi. Si tu fais partie de ma vie, ce ne sera plus par besoin, mais par envie. Quand je serai prête. Quand j'aurai appris à m'aimer moi-même et à être bien toute seule. Je ne veux pas être avec toi par peur d'être seule. Je mérite une vraie relation, un réel investissement. Mais pour ça il faut que j'apprenne à m'accepter et à rester seule. Un moment en tout cas…

— Je te laisserai tout le temps dont tu auras besoin. Et tu verras que je serai là, fidèle au poste, dit-il avec un regard tendre. Je salue la technique pour vous débarrasser du corps ceci dit. C'est hyper bien trouvé. C'était ton idée je suppose ?

— Évidemment, répondit-elle fièrement, Faut que j'y aille.

— Ouais, ta coloc va s'inquiéter.

— Mais ? Comment tu…

Il l'interrompit
— Je ne t'ai jamais quitté des yeux *Boo*, jamais.

Il s'approcha d'elle et la serra dans ses bras. Il était si grand, son contact si rassurant. Il lui déposa un baiser sur le front et tourna les talons. Elle resta immobile quelques secondes, à admirer ce joli petit cul s'éloigner…

Elle regagna l'appart, le cœur un peu plus léger. Malgré tout, ça fait du bien de voir Enzo. Il n'y avait pas que du mauvais dans cette histoire. Elle s'efforce de garder les meilleurs souvenirs, tout en gardant à l'esprit la souffrance dans laquelle il a pu l'abandonner.

Isis leur avait préparé des tagliatelles au saumon. Elle servit à Cassie un verre de blanc dès son arrivée.

— T'as pas fermé l'œil en vrai ? demande Isis.

Cassie ne dit rien.

— Joue pas à ça avec moi steuplé, intima Isis.

— Tu veux qu'j'te dise quoi ? Tu connais déjà la réponse. Non, je n'ai pas fermé l'œil. Non je ne sais pas comment on va s'en sortir. Et non j'ai pas envie d'en parler, s'énerva-t-elle.

— Ok… mais juste, fais pas de connerie s'il te plaît, lui lâcha son amie, les larmes aux yeux.

— Du genre? répondit Cassie, froidement. Elle était passée en mode défense, même avec *Baby*. Elle se sentait vulnérable et ne savait réagir autrement. Un vrai mur de glace.

— Du genre aller te dénoncer pour nous sauver la peau.

— Tu crois vraiment que je vous aime à ce point-là ? Je vais trouver une autre option dans laquelle personne ne va en prison, et où, accessoirement, personne d'autre ne clamse. On mange ? conclut-elle.

Vendredi, fin de matinée. Les filles sont en boutique. Elles reçoivent un message de Sofia sur le groupe.

J'ai reçu un appel des flics. Ils m'ont dit qu'ils ont contacté la mère de Nat et qu'elle leur a expliqué qu'elle n'avait aucune nouvelle de son fils depuis lundi et qu'elle était inquiète, que ça ne lui ressemblait pas. Elle leur a confirmé qu'il n'était pas à Clermont. Le mec m'a dit que d'ici ce soir il va contacter la PAF pour savoir si effectivement Nathan a embarqué… C'est la merde. Je suis au bureau et j'angoisse. Tout le monde vient me voir pour savoir comment je vais, si j'ai des nouvelles. Je suis à bout de nerfs.

Les filles se lancèrent un regard inquiet, et rangèrent leur portable dans leur poche. Elles ne savaient pas quoi lui répondre. En caisse, Cassie avait bien une idée qui lui germait à l'esprit, mais elle se refusait de partir là-dessus. Pourtant, elle savait que ça pouvait se tenter. Mais sa fierté… sa putain de fierté. Elle cogitait quand Isis s'approcha d'elle et lui dit doucement à l'oreille :

— On devrait se tirer toutes les trois. Genre au Mexique.

Elle lui répondit en chuchotant, tout en gardant le sourire face aux clientes qui formaient une queue qui traînait jusqu'à l'entrée du magasin.

— C'est quoi le but ? Tu veux qu'on se tatoue le mot coupable sur le front ?

— Je sais plus quoi faire Cassie. J'ai peur et je vais finir par faire une connerie…

Elle avait le cœur gros. Sa voix se brisa :

— J'en peux plus de cette attente, de cette pression.

— Ressaisis-toi *Baby*. J'ai un plan… finit-elle par lâcher, on en reparle plus tard. Ouvre l'autre caisse steuplé. Y'a trop de monde qui attend.

Isis s'exécute. Elle était tourmentée. Cassie tout autant. Elle savait son amie fragile. Juste avant leur rencontre, Isis avait déjà tenté de mettre fin à ses jours en avalant des centaines de cachets. Cassie craignait que toute cette histoire n'en vienne à lui donner de mauvaises idées. Elle devait se rendre à l'évidence. Elle n'avait ni le temps, ni le luxe de se laisser porter par sa fierté. Une fois les clientes traitées, elle dit aux filles qu'elle sortait faire une pause.

Elle prit son portable et lança un appel audio depuis son Insta. Deux sonneries.

— Allô ?
— J'ai besoin de toi.
— Je t'écoute.

Sofia ne tenait plus en place. Elle n'arrivait absolument pas à rester concentrée sur ce qu'elle avait à faire. Manue, son assistante, entra pour lui apporter une infusion Jardin d'enfance, sa favorite. Fraise, hibiscus, fruits rouges…

— C'est adorable Manue, merci.
— Si je peux faire quoi que ce soit…

Elle tendit la tasse à Sofia, qui la fit tomber. Une jolie mare rouge s'écoulait de son bureau jusqu'au sol. Elle eut un flash du crâne de Nat et de cette mare de sang coagulé. Elle s'effondra.

— C'est rien Sofia, je vais m'en charger. Calme-toi. Tu ne devrais pas être ici… Rentre te reposer, je vais gérer, lui dit amicalement Manue.

Sofia savait qu'elle n'avait pas tort. Mais l'idée de se retrouver seule dans son loft lui était insupportable. Elle allait voir les filles.

Elle pénètre dans Undiz une demi-heure plus tard. Surprise, Isis alla à sa rencontre.

— Qu'est-ce que tu fous là meuf? Tu bosses pas ?
— Nan, je peux pas, j'y arrive pas.
Elle commença à pleurer.
— Nope, pas ici. Stop, lui ordonna Isis.
Aussi instantanément elle ravala ses larmes, Cassie n'est pas là ? demanda-t-elle en regardant autour d'elle.
— Elle est sortie prendre une pause. Elle m'a dit qu'elle a un plan.
Une lueur d'espoir traverse les yeux de Sofia.
— Ah ouais ? C'est quoi ?
— J'en sais rien, elle ne m'a encore rien dit. On a pas le temps de discuter, et puis c'est pas le lieu idéal. Tu vas faire quoi là ?
— *Chépa*… mais je ne me sens pas de rester seule.
Isis jeta un coup d'œil à sa montre. Je termine à 15 heures Cassie à 18. Je te laisse les clés de l'appart, attends-nous là-bas.

À son retour de pause, Isis informa Cassie du passage de Sofia et du fait qu'elle était partie les attendre à l'appart.

— Ça tombe bien, faut qu'on parle.

Vers 18 h 30, Cassie rejoint les filles à la maison. Elle ne savait toujours pas si son plan avait fonctionné. Elle n'avait eu aucun retour. Elle avait une boule au ventre. Elle se sentait tanguer de temps en temps. Comme si son corps était déconnecté de la terre ; que même son âme tentait de fuir cette situation anxiogène. Les filles mangeaient du pop-corn devant Netflix. Elle s'assit auprès d'elles. L'héroïne était en train de se faire lécher la *teuch* au bord d'une piscine.

— Hum pas mal comme série. C'est quoi ? demanda Cassie en empoignant une poignée de pop-corn.

— C’est *Sex Life*. C’est trooooop bien ! La nana Billie elle a une vie parfaite, genre le beau gosse comme époux, la grosse baraque, deux enfants. Mais elle pense encore à son ex avec qui niveau sexe c’était juste la folie. Elle écrit tout ça dans un journal intime. On en est qu’au début mais putain ça te donne de quoi mouiller ta culotte.
— Je vois ça.

La sonnerie du téléphone de Sofia est venue interrompre les ébats de Billie.

— Un numéro privé, dit-elle, c’est sûrement la police.

Une vague d’angoisse traversa la pièce. Tous leurs muscles se raidirent. Trois cœurs qui tachycardent à l’unisson.

— Décroche, qu’on en finisse ! lui dit Cassie.
Sofia tremblait.
— Allô ?
Les filles n’entendaient pas ce qui se disait au bout du fil.
— Oui c’est moi.

La conversation ne dura que quelques minutes à peine et fut ponctuée de « Hum », de « Ok », de « Très bien » et se clôtura par un « Merci pour tout ».

— Merci pour tout ? Pour ne pas nous arrêter tout de suite et attendre demain genre ? s’impatientait Isis.

Sofia avait l’air totalement dépassée. Elle regardait les filles, l’une après l’autre. Son regard finit par se poser sur Cassie :

— Comment t’as fait ça ? questionna-t-elle doucement.

Cassie se sentit soulagée. Jamais elle n'avait autant apprécié ce sentiment. Elle se laissa tomber en arrière sur le dossier du canapé et laissa ses larmes s'écouler le long de son visage. Elle respirait profondément pour calmer son rythme cardiaque. Elle se lança dans les explications, sans même prendre la peine de changer de position. Elle leur dit d'une seule traite :

— Hier soir en sortant du taf Enzo m'attendait près de ma voiture. Je lui ai tout balancé. Il n'était même pas surpris et m'a même demandé pourquoi je ne l'avais pas appelé pour nous aider à gérer ça. Il a dix ans de carrière dans l'Armée, mais ce n'est pas un militaire classique. Sa sœur m'en avait brièvement parlé en passant à la boutique y'a quelques années. Je n'ai jamais vraiment cherché à savoir ce qu'il faisait exactement, mais je sais qu'il a le bras long, qu'il a des contacts partout. Pendant ma pause aujourd'hui je l'ai appelé et je lui ai demandé son aide. A priori, ça a fonctionné.

Les filles restèrent bouche bée. Isis se tourna vers Sofia :

— Les flics t'ont dit quoi ?
— Qu'ils avaient fait le point avec la PAF qui leur a confirmé que Nathan avait bien passé le contrôle d'identité. Qu'ils avaient prévenu sa mère, qui a quand même tenu à signaler sa disparition, mais que l'affaire serait gérée en métropole, mais assurément sans suite puisque Nat est majeur et qu'il est parti de son plein gré. Ils ont eu accès à ses comptes et ont vu le paiement en ligne.

— Et son boulot ? Son appart ? Ses affaires ?

— Un abandon de poste pour le boulot. Pour ce qui est de l'appart, l'agence immobilière lancera la procédure pour non-paiement de loyer. Ensuite, classique. L'appart va être vidé, ses affaires saisies par un huissier et vendu aux enchères.

Isis se tourna vers Cassie cette fois :

— Tu nous fais un sermon sur le fait que ça doit rester entre nous et tu balances tout à Enzo sans même nous en parler ?

Cassie releva la tête.

— Rien n'arrive par hasard. Il était destiné à le savoir pour pouvoir nous sauver le cul, répondit-elle calmement.

Silence.

— J'arrive pas à croire qu'on s'en soit sorti, dit Isis.

— Moi non plus, confirma Sofia, c'est vraiment fini cette fois ? demanda-t-elle en se tournant vers Cassie. Elle lui répondit avec un sourire de satisfaction :

— C'est vraiment fini.

— Faut fêter ça ! *Rhum cahuète party* ! s'exclama Isis.

Le téléphone d'Enzo se mit à vibrer. I_Am_Cassie vous a envoyé un message :

Merci...

Il sourit avant de simplement répondre par un :

Je t'en prie.

Il savait qu'il ne fallait pas la brusquer. Il avait pleinement conscience qu'il s'est comporté comme un gros con avec elle. Pourtant, il était fou d'elle. Jamais une autre femme n'a pu le combler comme Cassie. Personne ne fait l'amour comme elle. Personne ne rit comme elle. Nulle autre n'est aussi douce qu'elle. Personne ne lui arrive à la cheville. Il lui a fallu des années pour s'en rendre compte. Aujourd'hui, il est prêt à tout pour la récupérer. Même à griller ses dernières cartouches contre une faveur avec les gars de la Police Aux Frontières.

GOODBYE MY FRIEND

Un mois s'était écoulé depuis leur délivrance. En ce lundi, Cassie avait tout le loisir de faire une grasse matinée. Isis était de sortie hier. Elle fréquente un mec depuis deux semaines, mais elle se veut très discrète à son sujet. Paisiblement endormie, Cassie est arraché des bras de Morphée par la sonnette. Elle laisse faire en se disant que c'est sûrement le facteur pour un recommandé d'une facture impayée. Elle refuse de gâcher son jour de repos en démarrant la journée par une mauvaise nouvelle. Sonnette à nouveau. On tambourine à la porte. Elle sursaute. Les flics ? Nan les flics auraient carrément enfoncé la porte. Ça sonne à nouveau, sans lever le doigt de ce foutu bouton. Elle s'extirpe de son lit en insultant cet idiot qui la dérange de bon matin ! Elle jette un œil au judas et pousse un soupir d'exaspération. Elle ouvre la porte et Sofia la bouscule en rentrant et lâche un :

— J'ai du retard.

— Qu'est-ce que tu racontes ? Je t'ai même pas demandé de venir, lui répondit son amie en bâillant.

Sofia se fige au milieu du salon et répète :

— J'ai. Du. Retard.

Cassie ouvre grand les yeux.

— Putain j'aurai préféré une mise en demeure.

— Quoi ?

— Nan laisse tomber. De combien ?

— Cinq jours.

— T'as fait un test ?

Sofia sortit une boîte rose de son sac.

— Nan. Je flippe trop.

— Ok, on va le faire ensemble. Si ça se trouve tu paniques pour rien. On a traversé une grosse période de stress, ça joue forcément sur nos cycles. Mes règles ont déboulé en mode chutes du Niagara avant même que je termine ma plaquette. Tu prends la pilule de toute façon ?

Sofia rougit.

— Putain ! lâcha Cassie en l'entraînant dans la salle de bain. Elle prit au passage un gobelet en plastique dans le placard. Bon, tu fais pipi dans le gobelet, ensuite tu trempes le bâtonnet dedans quelques secondes, jusqu'à ce que le liquide atteigne le petit rectangle là. Après, tu le rebouches et tu le poses sur le lavabo et tu n'y touches plus.

— Je ne le secoue pas avant ?

— Nan ça c'est dans les films. Une première barre va apparaître, c'est le contrôle, pour dire que le test est valide. Ensuite on attend trois minutes.

— Ok… je flippe.

— Ne flippe pas pour un truc qui n'est pas encore arrivé, la rassura Cassie, Aller pipi !

Quelques minutes plus tard, Sofia ouvrit la porte de la salle de bain. Cassie enclenche le minuteur. Elles s'assirent, côte à côte et patientèrent.

— Quoi qu'il en soit on va gérer ça ensemble ok ? dit Cassie.

— Je ne veux rien gérer du tout. Je ne peux pas élever l'enfant d'un mec que j'ai tué.

— C'est pas une décision facile tu sais ? Après le départ d'Enzo il y a cinq ans, j'ai appris que j'étais enceinte. J'ai choisi d'avorter. Ça a été le choix le plus dur de ma vie. Je n'ai jamais vraiment fait mon deuil. C'est con, je sais, c'était qu'un embryon, mais il avait un cœur tu comprends ? Et c'est tout ce qui me restait d'Enzo. Mais j'étais encore à la fac, je bossais en tant qu'intérimaire chez Undiz à l'époque. J'aurai pas pu assurer. Mais même si le choix était justifié, la douleur n'en demeure pas moins forte. Il ne l'a jamais su.

— Je suis désolée d'apprendre ça. Ça a dû être vraiment difficile de vivre ça sans le père en plus. Si le test est positif, je ne le garde pas. C'est au-dessus de mes forces.

— J'comprends. T'inquiète, on sera avec toi.

Le minuteur interrompt les confidences. C'est Cassie qui se chargea de la lecture. Elle prit le bâtonnet, et revint s'asseoir près de Sofia.

— C'est bon détends-toi, c'est négatif, annonça-t-elle.

Sofia se jeta dans ses bras. Elle recula de quelques centimètres tout en regardant Cassie dans les yeux.

— Désolée de t'avoir réveillée pour rien, murmura-t-elle.

Son parfum flottait dans l'air. Du *Only One* de *Dolce & Gabbana.* À ce moment-là, Cassie se sentit envahie par une chaleur étrange au creux du ventre. Elles restèrent un moment à se contempler. Jusqu'à ce que Sofia pose son regard sur les lèvres de Cassie. Elles se sont alors lancées dans un baiser enflammé. Elles ont totalement perdu le contrôle. Tout en continuant de s'embrasser, elles se dirigent vers la chambre de Cassie et tombent sur le lit. Rapidement, Sofia enleva sa petite robe noire, et Cassie son t-shirt qui laissa apparaître ses seins parfaits.

— J'ai jamais fait ça avec une meuf, murmura Sofia entre deux baisers.

— Moi non plus, répondit Cassie tout en lui enlevant sa culotte en dentelle blanche.

Elle baladait sa bouche d'abord sur son cou fin, puis ses épaules en prenant soin de faire descendre les bretelles de son soutien-gorge. Elle continua son suave parcours en caressant ses petits seins tendus. De sa langue chaude, elle en entoure les tétons. Elle continue sa descente aux portes du paradis. Sofia tremblait de désir. Cassie avait désormais la tête entre ses cuisses blanches. En à peine quelques secondes, Sofia poussa un gémissement. Le gémissement caractéristique d'une femme qui prend son pied.

Allongées tête bêche, nues sous le plaid, Cassie et Sofia se faisaient passer un joint. Elles étaient calmes et parfaitement détendues. Cassie brisa le silence :

— Le truc de ouf.

— C'est clair. Je suis ravie d'avoir fait ma première fois avec toi.

— Carrément, moi aussi. C'était différent… C'était doux, c'était bon mais…

Elles se redressent simultanément pour se faire face. Sofia questionna :

— Mais ? Il manquait quelque chose.

En chœur elles se sont exclamé :

— La biiiiiite !

Elles partirent dans un fou rire libérateur.

— Pffff j'avoue, il manquait une bite. Rien ne vaut ça. Au moins on le sait maintenant. On ne va pas mourir bête !

— J'avoue ! C'était une expérience à vivre. Mais même si tu as un corps de déesse, je préfère les abdos et un dos musclé… Et un bon coup de bite c'est vrai, rit Sofia.

— On est d'accord.

Sofia se leva pour aller prendre une douche. Cassie la suivit. Au point où elles en étaient, la pudeur n'était plus de rigueur entre ses deux amies.

Chers lecteurs, que de rebondissements ! Votre narratrice à besoin d'un peu de romarin. Nos *bitches* s'en sont sortis. Cassie et Sofia se sont découvertes non lesbiennes. Et Isis a repris ses petites habitudes. Tout semble tourner rond sous le soleil de l'île intense il me semble… Attendons de voir.

Le lendemain matin, Cassie est d'ouverture à la boutique. Il est 06 h 30 quand elle ouvre la porte de sa chambre et tombe nez à nez avec un mec en caleçon dans sa cuisine. Elle s'approche, en ne pouvant cacher sa surprise.

— Salut Stephen !

— Salut Cassie !

— Euh, c'est pas que je ne sois pas ravie de tomber sur toi mais qu'est-ce que tu fais là ?

Il ne put s'empêcher de rire.

— Isis m'a appelé il y a quelques semaines. On a beaucoup discuté… Je ne sais pas trop ce qui s'est passé mais elle est différente. On a finalement décidé de se redonner une chance.

— Ah ouais ? sourit Cassie.

— Ouais. J'ai le droit de rester pour le café, c'est déjà un grand pas, dit-il en levant sa tasse pour trinquer avec celle de Cassie.

— Claaaiiirement oui ! Je suis vraiment contente que tu sois là Steph, pour elle.

Elle le prit dans ses bras et fila se préparer.

Vers 12h30, Cassie est affairé en réserve à faire les plannings post fêtes et préparation de soldes de février. Elle entend une de ses vendeuses répondre à quelqu'un à l'avant :

— Si si elle est là. Je vais la chercher, Maëlis pointa sa jolie petite bouille dans l'interstice de la porte. Chef, y'a un beau gosse qui te demande.

Elle se leva, en sachant pertinemment sur qui elle allait tomber. Enzo se tenait près des caisses.

— Salut.
— Salut.
— On déjeune ensemble ?
— Je suis pas sûre d'avoir le temps de déjeuner… J'ai plein de trucs à gérer.
— Tu vas pas rester le ventre vide. *Goni vide i tiembo pas deboute*[6], lui dit-il en souriant.
— Attends-moi à la brioche, j'arrive dans trente minutes.

En sortant de la boutique pour rejoindre Enzo, Cassie n'était pas angoissée. Elle se sentait étonnamment calme. Elle savait exactement où elle en était dans sa tête.

— Je t'ai commandé un café, il est tout chaud.
— C'est gentil, merci. Qu'est-ce qu'il y a Enzo ?
— J'ai envie de passer du temps avec toi. Et je préfère débarquer parce que je sais que tu vas me caler des vus si je t'écris.
Elle sourit. Il la connaissait bien.
— Je suis pas prête pour…

---

6 Traduction : proverbe réunionnais qui signifie littéralement : un sac vide ne peut rester debout. Au figuré, « si ton estomac est vide, tu ne peux te tenir debout. »

Il l'interrompit :

— Je sais. Je ne te demande pas d'officialiser une relation avec moi dès maintenant. Je te demande simplement le droit de faire partie de ta vie. Laisse-toi une chance, même infime d'apprendre à connaître la nouvelle version de moi. Et si cette version ne te plaît pas, je te laisserai tranquille. Je ne veux pas qu'on passe encore des années avec nos regrets. Elle resta silencieuse.

— Cassie, je t'en prie, supplia-t-il.

— Ok… Mais encore une fois, j'ai besoin de me retrouver avant toute chose. Ne me brusque pas d'accord ?

— Promis, conclut-il, visiblement aux anges.

— Range-moi ce sourire de victoire ou je change d'avis, le taquina Cassie.

Six mois plus tard. Cassie est seule, avec des cartons plein l'appart. On sonne à la porte. Elle va ouvrir. Face à elle une femme âgée d'une trentaine d'années, accompagnée de trois colosses.

— Bonjour, Je suis Eva. On vient récupérer le congel.

— Oui bien sûr allez-y.

Elle leur ouvrit grand la porte. En moins de temps qu'il ne faut pour le dire, les trois baraqués ont soulevé le coffre et ont quitté l'appartement. Impressionnant.

— Ça fait bien 250 ?

— C'est ça, Cassie saisit la poignée de billets que lui tendait cette certaine Eva et le fourra dans la poche arrière de son jean.

Elle referma la porte. Bon débarras. L'antre lui paraissait plus grand une fois vidé de tout leur bordel. Tout avait été soigneusement emballé, et les déménageurs n'allaient pas tarder. Il ne lui restait qu'une petite chose à récupérer.

Elle se dirige vers la salle de bain et s'accroupit devant le meuble, sous le lavabo. Dans le coin, en bas à gauche, elle tâtonne pour trouver le petit trou dans l'angle, et y insère son index. Elle tire un peu et la planche de contreplaqué se soulève. Elle la pose soigneusement sur le plancher. Elle tâtonne à nouveau et pose enfin la main sur ce qu'elle cherchait. Elle le prend, et va le poser sur la table du balcon. Elle s'allume un *bédo*, en se servant un verre de moelleux qui lui restait de leur soirée de départ de la veille avec les *Bitches*. De retour dehors, elle tire une chaise, et s'assoit face à ce pot de confiture de papaye. À l'intérieur, baigne dans du formol, la bite soigneusement découpée de Nathan.

— Ah mon gars ! soupire-t-elle, si tu avais su la garder dans ton caleçon, rien de tout ça ne serait arrivé.

Elle lâche une volute de fumée. Ça sent la menthe poivrée. *Moby dick quality*. Elle poursuit son monologue.

— Mais en même temps, ça a changé nos vies. À toutes les trois, alors je devrais plutôt te remercier Nat. Isis a mûri d'un coup. Elle est posée avec Steph. Ils ont emménagé ensemble. Truc de ouf. Moi j'ai pu me libérer de ma blessure d'abandon, et apprendre à vivre seule, vraiment seule. Enzo est dans les parages, mais il se montre patient. On a supprimé nos profils Tinder. Qui l'eut cru ? ! Et Sofia a enfin les pieds sur terre. Elle ne croit plus au prince charmant. Elle rentre sur Clermont la semaine prochaine d'ailleurs. Elle me laisse son appart, en guise de cadeau de départ. J'aurai plus de loyer à payer. Sa famille lui manque. Mais en vrai, c'est surtout elle qui va me manquer. On a couché ensemble au fait. Tu aurais adoré voir ça, abruti. Mais c'était que pour le fun. On reste disciples de la bite.

Elle fait une pause et se laisse caresser par les rayons du soleil.

— C'est fou comme tout peut déraper en quelques minutes. Mais tout est parti de toi en fait. Si t'avais été raisonnable mon grand… Tu as fait de nous de vraies criminelles. Le côté psychopathe on l'avait déjà un peu, j'avoue. Si je devais donner un nom à tout ce bordel, ça donnerait quoi, hum ?

Elle reste silencieuse un moment, comme si elle attendait une réponse.

— T'es décidément pas bavard. Huum ça pourrait donner un truc du genre *Partner in crime*, nan ?

En fond sonore, la radio est branché sur *Urban Hit*. La douce voix d'Estelle qui annonce le prochain titre, à l'ancienne pour les connaisseurs. Dès les premières notes, Cassie reconnaît la chanson. Diam's se met à chanter son fameux *Jeune demoiselle recherche un mec mortel*. Elle sourit.

— On a trouvé un mec carrément mortel pour le coup !

Elle savoure sa dernière bouffée et ajoute :

— T'as eu droit à ton propre mortELLES dating Nat ! Trois meufs pour un seul date ! Tu ne savais tellement plus où donner de la tête que tu te l'aies fracassé mec !

Elle laisse exploser son rire franc.

— Ok ok j'arrête de te vanner, ne boude pas. Allez viens, je vais te trouver une place dans un carton. Tu veux toujours rester dans la salle de bain dans notre nouvel appart ?

REMERCIEMENTS

Avant toute chose, merci à l'Univers d'avoir conspiré pour que j'en arrive là où j'en suis aujourd'hui.

À mon éditeur, merci d'avoir misé sur moi et de m'avoir accompagné dans mes premiers pas d'écrivaine.

À mes quatre parents, Yasmine, Francis, Vivienne et Christian, merci de m'avoir élevé, chacun à votre manière, chacun dans votre degré de proximité et d'affection. Vous avez façonné la femme, la mère, et l'écrivaine que je suis devenue.

Soën, merci de m'encourager dans tout ce que j'entreprends, avec ton tendre regard de petit garçon. Tu es mon plus bel ouvrage.

Anthony et Maë, merci pour votre patience, pour vos conseils et pour vos bras qui ont toujours été ouverts pour que je m'y réfugie… même au beau milieu de la nuit.

Maxime, merci de croire en mes rêves, et ne cesse jamais de croire en ceux qui t'animent ! Je t'ouvre la voie petit frère.

Mention spéciale pour toi Chloé, alias my Baby Bitch. Tu m'as poussé à donner la meilleure version de moi-même. Tu m'as secoué lorsque j'en avais vraiment besoin. Et tu m'as inspiré à travers nos coups montés et nos bails catastrophiques.

Et un grand merci à vous de n'avoir jamais douté de moi, d'avoir fait preuve d'un soutien indéfectible et de me suivre dans tous mes délires : Marraine, Yannick, Dada Idriss, Rémy, Sébastien, Laura…

Une infinie reconnaissance à tous ceux qui m'accompagnent et me guident, d'où qu'ils se trouvent.

Enfin, un sincère merci à la vie, et à son lot de surprises !

Imprimé en France
ISBN 978-2-38326-601-3
Dépôt légal : 2e trimestre 2022